INTERNATIONAL GUY

#5 SAN FRANCISCO

Ce livre est une fiction. Toute référence à des évènements historiques, des personnages ou des lieux réels serait utilisée de façon fictive. Les autres noms, personnages, lieux et évènements sont issus de l'imagination de l'auteur, et toute ressemblance avec des personnages vivants ou ayant existé serait totalement fortuite.

Première publication Montlake Romance, Seattle

www.apub.com

Collection créée par Hugues de Saint Vincent
Ouvrage dirigé par Bénita Rolland
Traduit par Robyn Stella Bligh
Photo de couverture © GettyImages
Couverture : Raphaëlle Faguer

34-36, rue La Pérouse
75116 - Paris
www.hugoetcie.fr

ISBN : 9782755637984
Dépôt légal : octobre 2018
N° d'imprimeur : 193928
Imprimé en France par Corlet

AUDREY
CARLAN

NEW ROMANCE®

INTERNATIONAL GUY

#5 SAN FRANCISCO

Roman

Traduit de l'américain
par Robyn Stella Bligh

Hugo Roman

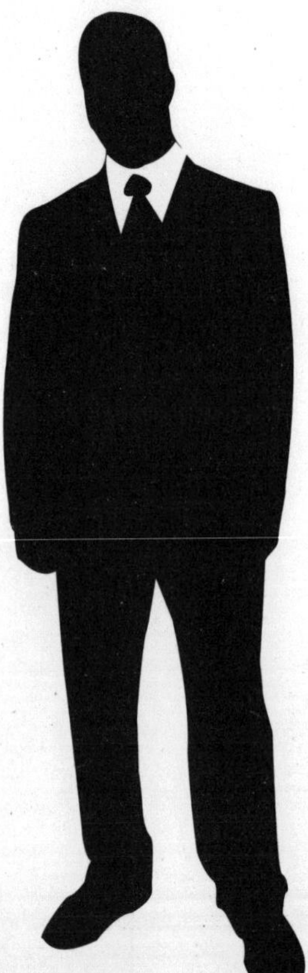

À ma bêta-lectrice, Tracey Wilson Vuolo,
San Francisco est pour toi.

C'est ici que deux âmes sœurs se sont trouvées...
Venues de deux océans différents...
Unies par leur amour des livres.

Je suis honorée d'en avoir été témoin.

CHAPITRE 1

– Un whisky, s'il vous plaît, dit une voix grave que je reconnaîtrais entre mille. Eh bien, regardez qui daigne enfin faire son apparition ! ajoute Royce lorsque je rejoins mon collègue en première classe.

Je souris à l'hôtesse qui a pris sa commande.

– Une bière, s'il vous plaît. Une Sierra Nevada, si vous en avez.

– On en a, oui. Je reviens tout de suite, répond la jolie jeune femme avant de s'éloigner.

– Ouais, ouais, je ne suis pas en avance, mais je suis là, je réponds en rangeant mon attaché-case au-dessus de nos têtes.

J'enlève ma veste et la suspends au cintre devant mon siège.

– Je commençais à croire que tu allais me poser un lapin, étant donné que tu étais censé rentrer il y a deux jours... râle-t-il en souriant.

– Je n'ai pas pu faire autrement. Après que Sky et moi avons fait l'interview sur le plateau, la situation nous a échappé et les gens étaient déchaînés. Tracey a proposé qu'on se promène en ville, histoire de leur donner d'autres occasions de nous prendre en photo. Comme tu le sais, ça a permis de les éloigner des bureaux d'*International Guy*.

– C'est vrai, acquiesce Royce. Ça ne doit pas être facile de sortir avec une star. J'imagine que tout le monde se bat pour l'avoir, et t'avoir aussi… à défaut.

À défaut.

Ses paroles m'apparaissent comme un mauvais présage. Être avec une star comme Skyler est inimaginable pour un mec normal comme moi. C'est le genre de chose qu'on ne voit que dans les films, des films dont elle est la star. Mais moi, je serais qui ? Le héros qui séduit la nana ou le type qu'elle jette pour en trouver un autre qui convient mieux à son style de vie ?

Je m'efforce de mettre ces pensées de côté et je me concentre sur le moment présent.

– Ouais, eh bien, c'est moi qui ai gagné puisqu'elle est avec moi. Bref, je suis là, et on part en Californie. Qu'est-ce que je dois savoir de notre cliente ? Tu as dit qu'elle s'appelait Rochelle ?

Royce sourit et son regard devient rêveur. Merde, je m'en doutais. Il est déjà gaga de cette femme.

Ce n'est pas bon. Surtout parce qu'elle nous a embauchés pour lui trouver un mari.

– C'est une femme d'affaires accomplie, elle est belle et intelligente. Ses analyses financières sont sans égales, et je m'y connais. Elle a le don d'anticiper les fluctuations du marché et les résultats d'entreprises. C'est une des meilleures consultantes financières de tous les temps.

– À t'entendre, j'ai presque l'impression que tu lui confierais ton argent, je dis pour voir s'il mord à l'hameçon.

– J'ai un respect sans limites pour son talent. Sa façon de travailler est une véritable forme d'art.

– Ah bon ? Une forme d'art ? je dis en souriant.

– Ouais. Très peu de gens savent faire ce qu'elle fait, surtout à son âge.

– Quel âge a-t-elle ?

Il répond immédiatement, sans regarder son dossier.

– Vingt-huit ans.

– Tu as mémorisé son âge par hasard ?

– J'ai préparé notre mission, répond-il en fronçant des sourcils. Je ne peux en dire autant pour toi, je crois.

– J'ai lu son dossier durant mon vol pour New York, mais je n'ai pas forcément retenu son âge. Quand fêtera-t-elle ses vingt-neuf ans ?

– Le premier décembre... commence-t-il.

Il comprend tout de suite son erreur et tourne la tête pour regarder par le hublot, comme si la piste de l'aéroport était la chose la plus intéressante qu'il ait jamais vue.

– Mec...

– J'ai une bonne mémoire, c'est tout. Ne te fais pas de films.

Je secoue la tête et suis sur le point de me moquer de lui lorsque l'hôtesse revient avec nos verres.

– Et voilà, nous dit-elle. Attachez-vous, le pilote se prépare à décoller.

– Merci, je réponds en lui souriant.

Elle est plutôt jolie. Grande, mais un peu maigre, on ne peut pas dire qu'elle ait des courbes généreuses. Je lui donnerais un six ou un sept sur dix, ce qui veut dire qu'elle pourrait se trouver un homme avec un cinq sur dix, il serait aux petits soins avec elle.

Je laisse ma bière me rafraîchir tout en réfléchissant au meilleur moyen d'aborder Royce.

– Écoute, Roy...

– Parker, je t'aime bien, mais tu n'as strictement rien à me dire à ce sujet étant donné que tu couches avec une de nos clientes et que ce n'est pas la première. Honnêtement, tu ferais mieux de garder tes commentaires pour toi.

Il boit son whisky et regarde de nouveau à l'extérieur.

Je connais Royce et je sais qu'il vaut mieux ne pas insister quand il se sent pris au piège, il peut être sacrément agressif quand on le provoque. Cela dit, je ne serais pas un bon ami si je ne disais pas à voix haute ce que je soupçonne.

– C'est cool, mec. Je suis content d'être là avec toi. Tu veux bien me dire ce sur quoi vous vous êtes déjà mis d'accord ?

Royce hoche la tête, pose son verre et sort un dossier bleu de son attaché-case.

– Tiens, on a déjà esquissé son portrait. Elle est éduquée, riche, et c'est une citadine. Elle n'a pas une grande famille et sa vie tourne autour de son travail. Elle aimerait un enfant, un héritier à qui léguer son entreprise.

– Tiens, je connais un mec qui lui ressemble, je ricane.

Roy lève la tête vers moi et je retrouve son regard amusé. Dieu merci. Je préfère éviter les tensions. Mieux vaut ne pas être la cause de sa colère.

– Elle vit seule dans un penthouse, en centre-ville.

Ça, en revanche, c'est tout l'inverse de Royce. Mon collègue a une maison avec trois chambres, deux salles de bains et des jardinets à l'avant et à l'arrière qu'il tond tous les week-ends, sans faute. Il dit que c'est pour que les voisins le laissent tranquille, mais je crois qu'il aime que les choses soient carrées. Il est fier de ce qu'il a accompli alors que rien ne jouait en sa faveur.

– Un penthouse... waouh. Ce n'est pas la maison de famille dont tu as toujours rêvé, je remarque.

J'aimerais m'assurer que l'attirance de Royce pour cette femme n'est pas sérieuse, que c'est seulement physique.

– Où tu veux en venir, Park ? demande-t-il froidement.

– Nulle part, c'est juste une remarque.

Il saisit son verre et me pointe du doigt.

– Et toi, ta nana, elle habite où, déjà ? grogne-t-il.

Mince, moi qui essayais de ne pas l'énerver...

– Non seulement tu dois prendre un avion pour la voir mais elle habite dans un immense penthouse, si je me souviens bien.

– Ok, j'ai compris. Tu as gagné, je réponds en levant les mains en signe de capitulation. Tu as raison. Skyler et moi avons une relation longue distance, mais on n'habite pas à cinq mille kilomètres l'un de l'autre.

Royce s'apprête à répondre, mais je l'en empêche.

– Et... elle adore Boston. Avec son boulot, elle peut habiter n'importe où, alors que moi, je n'abandonnerais jamais ma famille et mon travail. Toi si ?

Je ne sais pourquoi, son silence pèse sur mes épaules. Nous voici à parler de nos avenirs respectifs et de femmes qui, en apparence, semblent parfaites. Or, nous avons encore d'importants obstacles à franchir. Toutefois, je suis aux anges avec Skyler. Même si nous nous voyons peu, les moments que nous passons ensemble sont faits de rire, de sexe ahurissant et de discussions à propos de notre avenir. Je peux lui raconter ma journée, lui parler de mes rêves et de mes espoirs, et je peux la présenter à ma mère et à mes amis. Jamais je ne pensais que Skyler s'intégrerait aussi bien dans ma vie.

Après mon histoire avec Kalya, je pensais ne plus jamais avoir envie d'une relation amoureuse, or Skyler a reconstruit ce désir, seule, un baiser à la fois. Un câlin à la fois. Une promesse à la fois.

Avec elle, les possibilités sont infinies, et j'ai hâte de les explorer. C'est aussi ce que je souhaite à Royce, il le mérite. Et en tant qu'ami, j'ai le sentiment de devoir garder un œil sur lui pour m'assurer qu'il ne se laisse pas aveugler par un béguin passager. Que, s'il prend une décision, elle soit fondée sur une connexion et une compatibilité bien réelles.

Royce recule dans son siège et regarde par le hublot en me répondant.

– Si c'est la bonne, tout est possible.

◆◆◆

Le hall du siège de Rochelle Renner est épuré, avec des éclats de couleur. Le bureau d'accueil est blanc, avec des orchidées violettes à chaque extrémité.

Nous sommes accueillis par une petite femme noire terriblement maigre, vêtue d'une jupe crayon bleu marine, d'une chemise blanche et d'escarpins beiges.

– Bonjour, charmante dame, ronronne Royce de sa voix la plus charmante.

– Vous êtes ? répond-elle d'une voix ennuyée.

– Monsieur Ellis, et voici mon partenaire, Monsieur Sterling, je dis en lui tendant la main, de chez *International Guy*. Nous sommes venus voir Rochelle.

– Elle est en communication... commence-t-elle, puis soudain elle écarquille les yeux. Oh, mais c'est vous qui allez lui trouver un homme ! Dieu merci ! Alléluia ! s'exclame-t-elle en faisant le tour du bureau pour nous serrer la main. Je ne pensais pas qu'elle irait jusqu'au bout. Vous prévoyez de rester ici combien de temps ? Je pars en vacances demain, parce que selon Son Altesse, si je n'utilise pas mes jours de congé, je vais les perdre.

– Son Altesse ? chuchote Royce. Aïe.

Elle est particulièrement loquace. Si Wendy parlait ainsi de l'un d'entre nous, elle serait virée sur-le-champ.

– C'est parfait, juste parfait. Plus rien ne pourra m'arrêter à présent, s'exclame-t-elle.

– Excusez-moi, mais vous êtes qui ? demande Royce en s'asseyant dans un fauteuil.

– Oh, je ne suis personne, mais une fois que Rochelle sera prise, je deviendrai forcément quelqu'un. Une femme disponible, qui plus est, qui attirera forcément son attention à lui, glousse la jeune femme.

Au lieu de m'asseoir, je rejoins la secrétaire qui se met à ranger des documents sur son bureau.

– Vous êtes la réceptionniste ?

– Oui, Monsieur. Helen Humphrey.

– Et depuis combien de temps travaillez-vous pour Mademoiselle Renner ?

Je lui parle en souriant, mais cette femme ne m'inspire pas confiance. Elle semble tendue et elle parle d'un ton incohérent.

– Oh, ça fait une éternité.

Elle écarquille soudain les yeux, comme quelqu'un qui se rappelle qu'il a laissé une casserole sur le feu.

– Je vous offre un café ? Je suis sûre que vous avez beaucoup à discuter au sujet de Mademoiselle Renner et de sa vie sentimentale. Même si le mec parfait est sous son nez. Mais, bien sûr, elle ne le voit pas. Avec elle, c'est toujours boulot, boulot, boulot ! souffle-t-elle en secouant la tête.

– Vous pensez que votre patronne travaille trop, Mademoiselle Humphrey ?

– Mm... hmmm, c'est un vrai tyran, en plus. Roh, une semaine de vacances au soleil, ça va être génial !

Elle parle soudain à voix basse et volette derrière son bureau, puis vers le bar sur lequel scintille une machine à espresso. Elle la remplit d'eau, puis insère une capsule, sans s'arrêter de marmonner.

– Je reviendrai, et l'ogresse ne sera plus là. Pouf ! chuchote-t-elle en me faisant face.

L'ogresse ? Waouh. Cette femme n'aime vraiment pas sa patronne.

– Si vous avez besoin de quoi que ce soit, de quoi que ce soit, surtout, venez me trouver. D'accord ? Je m'occuperai de vous. Vous serez de véritables VIP, chantonne Helen en retournant à son bureau d'un pas léger. Oh, elle a raccroché. Venez !

Nous la suivons dans un long couloir et nous passons devant de nombreux bureaux où travaillent des gens en tailleur. Lorsque nous arrivons devant une grande porte blanche encadrée par deux vitres, elle frappe fermement et entre sans attendre qu'on l'y invite.

– Mademoiselle Renner, votre rendez-vous de onze heures, dit-elle en nous tenant la porte ouverte. Monsieur Sterling et Monsieur Ellis, pour *International Guy*.

Comme je suis le visage de l'entreprise, c'est moi qui entre d'abord. Toutefois, je n'ai pas le temps d'atteindre notre cliente que Royce est à mes côtés, la main tendue vers elle. Je regarde la rencontre se dérouler, parfaitement conscient de ce qui se passe.

Rochelle est superbe. Elle mesure presque un mètre quatre-vingts dans ses bottes à talons aiguille qui lui arrivent juste sous les genoux. Sa jupe en cuir noir est ultramoulante avec des coutures bleu roi assorties à son chemisier à manches courtes noué sur son cou avec un joli nœud.

– Mademoiselle Renner, je suis ravi de vous rencontrer en personne, ronronne Royce en dégainant cet immense sourire qui fait tomber toutes les femmes.

Notre cliente sourit également jusqu'aux oreilles et ne le quitte pas des yeux.

– De même, Monsieur Sterling. J'ai tout de suite reconnu votre voix, répond-elle en rougissant.

Mince.

Je me demande si c'est ce que Bo a ressenti quand j'ai vu Sophie pour la première fois. Peut-être devrait-on instaurer une nouvelle règle : pas de coucheries avec nos clientes. Toutefois, je l'ai à peine pensé que je regrette mon hypocrisie, je suis mal placé pour imposer ce genre d'interdiction, moi qui ai rencontré la femme de mes rêves grâce à mon travail.

Royce continue de lui serrer la main, sans montrer le moindre signe qu'il va la lâcher, me laissant le soin de me présenter moi-même.

– Je suis Parker Ellis. Nous sommes ravis d'être là pour vous aider dans votre... situation.

Rochelle Renner finit par lâcher la main de Royce pour serrer la mienne, brièvement, puis elle se rassoit et nous fait signe de nous installer. Elle s'accoude sur son bureau en verre, joint ses mains et y appuie le menton.

– Je suppose que « situation » est le mot juste, dit-elle en dégainant un sourire qui la rend plus belle encore. Disons simplement ceci, Monsieur Ellis : j'en ai assez d'être seule. J'en ai assez de sortir avec des losers qui, de prime abord, semblent toujours parfaits. Et, au risque de parler comme le personnage d'un roman à l'eau de rose, le tic-tac de mon horloge biologique se fait de plus en plus fort, comme une grosse caisse. Il y a peut-être même des bongos.

– Je comprends parfaitement, ricane Royce à voix basse en se cachant derrière sa main.

– En gros, poursuit-elle en souriant à mon collègue, je n'ai ni le temps ni l'envie de chercher une aiguille dans une botte de foin.

– Étant donné que je suis nouveau sur le dossier, j'aimerais que vous me disiez ce que vous pensez des trois derniers hommes avec qui vous êtes sortie, et ce qui n'allait pas chez eux.

Elle penche la tête sur le côté et regarde Royce, qu'elle reluque depuis la pointe de ses chaussures Hermès à celle de son bouc, en passant par son crâne chauve et le col de son costume Tom Ford. Je suis sûr qu'elle a aussi pris note de sa montre de luxe et de ses grandes mains manucurées. Les femmes comme elles n'arrivent pas là où elles sont sans savoir lire les gens, et Royce sait s'habiller pour impressionner.

Je la regarde le mater, j'ai l'impression qu'elle est aussi emballée par lui qu'il l'est par elle. Le fait qu'ils se sont à peine quittés des yeux depuis notre arrivée en dit long sur leur attirance mutuelle.

Elle finit par soupirer et se laisse aller dans son fauteuil.

– Eh bien, le dernier mec était Jamal. Il était bien bâti et il jouait en NBA[1]. Le problème, c'est qu'il ne couchait pas qu'avec moi, il se tapait toute la bande de cheerleaders.

Je secoue la tête en repensant à Kayla qui m'a trompé avec mon meilleur ami. Au moins avec Skyler, je n'ai pas à craindre ce genre de chose.

– Avant lui, il y a eu Trey. Sur le papier, il était parfait. On s'est rencontrés grâce à une connaissance mutuelle qui m'avait même donné son CV. Mais le type voulait juste m'arnaquer, ajoute-t-elle en fronçant les sourcils. J'ai découvert qu'il était fauché et presque à la rue. Au bout de deux semaines, il voulait emménager avec moi. Quand je lui ai demandé pourquoi il était si pressé d'habiter avec moi, il m'a répondu qu'il avait dépensé ses derniers dollars pour nos rencards et qu'il était fauché. Je comprends qu'on puisse traverser des moments difficiles, mais quel genre de type dépense tout son fric pour une femme en s'attendant à ce qu'elle l'accueille comme un chien errant ? s'exclame-t-elle en secouant la tête.

– C'est déplorable, je réponds simplement alors que, dans ma tête, je maudis ce type de faire une mauvaise réputation à tous les hommes.

– C'est à cause de ce genre de mecs que les femmes se méfient autant des hommes, dit Royce.

Je souris et me retiens de taper dans la main de mon frangin, qui pense exactement comme moi.

– Et celui d'avant ? je demande.

Elle soupire longuement avant de répondre.

– Je crois que c'était le pire de tous. Je pensais l'aimer et qu'il m'aimait en retour. On a parlé mariage et enfants. Je pensais que c'était l'homme parfait.

---

1. National Basket Association. (NdT, ainsi que pour toutes les notes suivantes)

– Qu'est-ce qu'il s'est passé ? Il ne voulait pas vraiment d'enfants ?

– Si seulement c'était ça...

– Qu'est-ce qu'il a fait ? grogne Royce en se redressant, comme s'il était prêt à casser la gueule du mec.

– Oh, il était sincère à propos du mariage et des enfants... il avait déjà les deux. Une femme et deux enfants. Il menait une double vie. Ça faisait presque un an qu'on était ensemble quand je l'ai découvert. Il m'avait offert une bague de fiançailles, et tout.

– Quoi ! aboie Royce.

– Mince...

Je me retiens de dire ce que je pense vraiment de ce genre de pourriture. Elle n'a pas besoin que je m'apitoie sur son sort, elle a besoin que je l'aide à tourner la page et à trouver un autre homme.

Cependant, je sais parfaitement ce qu'elle ressent. Kayla m'a vraiment pris pour un idiot. Elle étudiait avec moi, elle dormait dans mon lit tous les soirs, on parlait des enfants qu'on aurait et des prénoms qu'on leur donnerait, tout ça pour que je la demande en mariage. Et je l'ai fait. Quel imbécile ! J'ai gobé tous ses mensonges alors qu'elle se tapait Greg et qu'elle prévoyait de rompre avec moi. Apparemment, il voulait qu'elle attende qu'on ait monté notre boîte avant de me dire qu'elle me quittait. Elle planifiait notre mariage et je mettais sur pied un avenir brillant avec la femme de mes rêves alors qu'elle n'avait jamais prévu de rester avec moi.

Je me force à oublier Kayla. Elle ne peut plus me faire de mal, et Skyler n'agirait jamais ainsi. Son âme et ses intentions sont pures. Je crois bien qu'elle pourrait être la femme de ma vie.

– Mm... hmmm, mais je me suis vengée, ne vous en faites pas. J'ai tout dit à sa femme et elle est en train de tout lui prendre dans un méchant divorce.

– Elle a bien raison, ricane Royce. Les hommes comme ça mériteraient d'être castrés, ajoute-t-il. Même si… je comprends pourquoi il a fait ce qu'il a fait.

Rochelle et moi le regardons d'un air perplexe.

– Je vous demande pardon ? demande Rochelle.

– Quoi ? je m'exclame.

– J'ai dit que je comprenais pourquoi il a pris le risque de mener une double vie, explique-t-il d'une voix claire et confiante.

Rochelle est sur le point de répondre, mais Royce n'a pas fini.

– À mon avis, il lui a suffi de vous regarder et de voir tout ce que vous aviez à offrir pour lui faire regretter la vie qu'il avait. Toutefois, au lieu de faire ce qu'il fallait auprès de sa femme, de rompre avec elle ou de ne jamais envisager quoi que ce soit avec vous, il a pris l'option la plus simple, et il n'a rien fait. À mon avis, il a dû passer son temps à regarder par-dessus son épaule, il n'a pas dû profiter d'être avec une beauté comme vous.

Rochelle plonge son regard dans celui de Royce et le dévisage.

– Non, j'imagine que non. Et vous, qu'auriez-vous fait dans de telles circonstances ?

– Eh bien, sans vouloir vous offenser, Rochelle, vous êtes une femme superbe, et n'importe quel homme, moi le premier, aurait de la chance de vous avoir. Mais j'ai le plus grand respect pour le mariage, et je n'aurais jamais envisagé de vous séduire. Si j'avais la chance d'avoir une femme et des enfants, ce serait tout pour moi. Rien ne pourrait rompre ce lien sacré.

La tension devient palpable alors que Royce et Rochelle s'étudient. J'ai déjà vu des lutteurs professionnels se regarder moins longtemps que ces deux-là.

– Bonne réponse.

– Elle est sincère. Je suis comme ça, répond-il simplement.

– Dans ce cas, je crois que j'aime qui vous êtes, dit-elle d'une voix suave et séduisante.

– Eh bien, c'est réciproque, Chellie, ricane-t-il en se léchant les lèvres.

Chellie? Il lui a donné un surnom ? Ça fait cinq minutes qu'il la connaît ! Bon sang, cette mission est un désastre.

Je me racle la gorge plusieurs fois avant que notre cliente ne me regarde.

– Maintenant que nous avons compris ce que vous ne voulez pas, tâchons de définir ce que vous cherchez et comment *International Guy* peut vous aider.

Elle soupire, comme si tout cela était épuisant et lassant, alors que c'est elle qui a fait appel à nous.

– Pour commencer, j'ai besoin d'un homme bien dans sa peau. Qui ne ment pas. J'ai eu assez de menteurs.

– Très bien. Avez-vous des préférences ethniques ?

Elle se mord la lèvre inférieure et regarde Royce. C'est un bel homme noir d'un mètre quatre-vingt-quatorze, qui aurait largement sa place en couverture d'un magazine.

– J'ai toujours préféré les hommes noirs, mais je ne vais pas faire la difficile et me mettre des bâtons dans les roues en disant non à des Blancs, des hispaniques et ainsi de suite.

– C'est noté. Et son travail ? Sa carrière ?

Je suis obligé de la relancer, car toute son attention est sur Royce. Bon sang, peut-être que je devrais juste les laisser tenter leur chance et dire à Rochelle de m'appeler quand ça tombera à l'eau, ce qui va certainement arriver. Si cette femme cherche à se caser pour de bon, comme le désire Royce, alors elle se trompe de candidat. Royce ne quittera jamais Boston, sa mère et ses sœurs. Il est le seul homme de la famille Sterling et il s'occupe d'elles comme si c'était sa mission. Il ne néglige pas *IG*, mais sa priorité a toujours été sa famille. La différence entre nous et les autres entreprises, c'est que c'est nous qui créons nos règles afin qu'elles améliorent le quotidien de nos employés, et non l'inverse. Si, un jour, il veut construire une famille et travailler de chez lui deux jours par semaine, ce sera possible. S'il veut voyager moins, ça le sera aussi. Cependant, il a beau rêver de fonder sa propre famille, ça ne veut pas dire qu'il voudra déménager à cinq mille kilomètres pour une femme. Et à voir les bureaux et le succès de celle-ci, elle n'est pas prête à bouger à l'autre bout du pays non plus. Et ce n'est pas la seule chose qui coince.

– Je préférerais qu'il soit cadre, parce que je dois souvent me rendre à des dîners d'affaires et j'ai besoin d'un homme qui soit à l'aise dans ce genre d'événement. Qu'il puisse avoir des conversations sérieuses, et pas seulement parler de base-ball.

Je me retiens d'éclater de rire. Je suis parfaitement capable de parler de base-ball toute une soirée, et Royce aussi. C'est une des passions que nous avons en commun. Toutefois, ça ne nous empêche pas d'être bons en affaires. J'ai comme l'impression que Rochelle a des idées préconçues sur les hommes.

– Mademoiselle Renner, ce serait très utile que vous puissiez me dire les points sur lesquels vous n'êtes pas prête à faire de compromis afin qu'on cherche l'homme parfait pour vous. Si tant est qu'il existe. L'amour n'est pas une science.

Je parle en connaissance de cause, l'amour est la chose la plus compliquée que je connaisse.

Rochelle éclate de rire.

– Oh, Monsieur Ellis, vous avez mal compris ma demande. Je veux que vous me trouviez le partenaire parfait. Personne n'a parlé d'amour, même si, bien sûr, ce serait un bonus énorme. Embaucher quelqu'un pour trouver l'amour de ma vie serait aberrant, non ?

– Vous seriez surprise de ce que nos clients nous demandent, je réponds en souriant.

Je suis ravi que les attentes de Rochelle soient réalistes. Il m'a fallu plusieurs années pour accepter la possibilité d'être de nouveau amoureux, et encore autant de temps à trouver l'amour. Je ne sais pas si j'en serais là si je n'avais pas rencontré Skyler.

– Si vous le dites, répond-elle en reculant dans son fauteuil.

Elle croise les jambes et sa jupe remonte sur ses cuisses. Je regarde Royce du coin de l'œil et ne suis pas surpris de le voir se retenir de baver.

– Si vous ne cherchez pas l'amour, alors donnez-nous vos critères. Que cherchez-vous chez un partenaire ?

– Vous voulez que je vous dresse une liste ? Comme pour les courses ?

– Nous avons besoin de savoir ce sur quoi vous refusez de faire des compromis. Ne prétendez pas que vous n'y avez pas déjà pensé. Vous êtes une femme intelligente, vous ne nous avez pas appelés pour rien. Que voulez-vous, Mademoiselle Renner ?

– Tout d'abord, il doit être noir, et beau.

– C'est noté. Ensuite ?

– Il doit avoir un travail, même s'il ne lui rapporte pas beaucoup. Je gagne largement assez pour deux. Je ne veux pas qu'il ait de mauvaises habitudes, comme s'attendre à ce que je lui fasse à manger et que je rentre à la maison à dix-huit heures.

– Il doit travailler et être indépendant. Quoi d'autre ?

– Je veux qu'il puisse m'accompagner à des soirées d'affaires. Il doit pouvoir participer aux conversations ou se taire, selon ce que je lui demande.

Cette fois, je ne peux me retenir de sourire, car Royce n'est absolument pas du genre à accepter de rester silencieux alors que sa femme séduit des partenaires potentiels.

– Il doit être éloquent, mais ne pas être intimidé par le succès d'une femme. C'est noté. Ensuite ?

– Il ne doit pas avoir une mère envahissante. Beurk. Je ne supporte pas les fils à maman.

Je regarde Royce du coin de l'œil et le vois tirer sur le col de sa chemise. Le pauvre, il est le plus grand fils à maman que je connaisse.

Peut-être cette cliente ne sera-t-elle pas un problème, en fin de compte.

CHAPITRE 2

Lorsque je m'installe au bar, il n'y a qu'une poignée de clients dans la salle. J'ai choisi une place devant l'écran plat pour que personne ne m'empêche de voir le match des Giants[2] contre les Brewers[3]. Ces derniers temps, j'ai l'impression de ne voir les matchs qu'en replay, mon disque dur est rempli au max. Je rêve d'un bon week-end à ne rien faire que rattraper tous les matchs que j'ai ratés. J'imagine automatiquement une belle blonde blottie contre moi. Je suis sûr que Skyler apprécierait de passer la journée sur le canapé, à manger des hot dogs, des frites, des nachos au fromage et... à faire l'amour.

– Eh, mec, tu sais quel était le score final des Red Sox[4] ? je demande au barman lorsqu'il vient vers moi.

– Roh, c'était génial, mec. Ils ont gagné huit à cinq contre les Orioles[5], répond-il en s'essuyant les mains sur un torchon.

2. Équipe de base-ball de San Francisco.
3. Équipe de base-ball de Milwaukee.
4. Équipe de base-ball de Boston.
5. Équipe de base-ball de Baltimore.

Je lève la main pour taper dans la sienne, c'est un code de mecs. À entendre son enthousiasme, c'est un fan des Red Sox.

– Trop cool ! Je vais prendre une pinte d'Almanac IPA, s'il te plaît. Faut que je goûte la bière locale tant que j'en ai l'occasion.

– Je prendrai la même chose, dit Royce en s'installant sur le tabouret à côté du mien.

Il préfère le whisky mais, en dehors des repas, il lui arrive parfois de commander une bière.

– Deux Almanacs, alors. Ça arrive tout de suite. Vous voulez voir le menu ?

– Avec plaisir, oui. Merci, répond Royce.

Lorsque le barman s'éloigne, Royce se tourne vers moi en s'accoudant au bar, comme Bo à Milan quand je lui confiais mes problèmes avec Skyler.

– Quoi ? je demande en fronçant les sourcils.

– Est-ce que Rochelle n'est pas géniale ?

– Mec, t'es sérieux ? je réponds en écarquillant les yeux. C'était quoi, ce surnom ?

– De quoi tu parles ?

– *Chellie ?* À quel moment tu as décidé qu'elle s'appelait *Chellie* et pas Rochelle, ou même Mademoiselle Renner, car je te rappelle que c'est une cliente ! je rétorque sans cacher ma colère.

– C'est toi qui dis ça ? Le mec qui s'est tapé non pas une mais deux de nos clientes ces derniers mois ?

Je grimace et me force à compter jusqu'à dix avant de dire ce que j'ai sur le cœur, en espérant qu'il ne le prenne pas trop mal. Cela dit, il n'a pas tort de me traiter d'hypocrite. Toutefois, la situation n'a rien à voir puisque ça finirait forcément mal entre Rochelle et lui.

– Mec, je sais que je suis mal placé pour en parler, mais cette femme n'est vraiment pas faite pour toi.

– Non pas que ça te regarde, mais je suis curieux de savoir pourquoi tu penses ça. Après tout, ça fait trois semaines que je lui parle et je la connais assez bien. Tu crois que parce que j'ai grandi dans un taudis avec un père alcoolique et que j'ai commencé à bosser à quinze ans pour aider ma mère à payer les factures, je ne suis pas assez bien pour une femme comme Rochelle ? Tu crois que je n'ai pas ma place dans la cour des grands, c'est ça ?

Royce n'aurait pas pu me faire plus mal s'il m'avait frappé avec un burin.

– Quoi ? Mais non ! Bon sang, Roy. Tu peux être fier de ton parcours, tu t'es occupé de tes sœurs et de ta mère alors que tu n'étais qu'un ado, tu l'as aidée financièrement tout en étant premier de la classe... Mec, tu n'imagines pas le respect que j'ai pour toi !

Royce grince des dents et regarde droit devant lui. Je suis dégoûté qu'il refuse de me regarder dans les yeux.

– Je sais ce que tu as vécu durant ton enfance. Tu as fini aux urgences à cause de ton père, et ta mère bossait comme une malade pour vous nourrir et pour que vous ne manquiez de rien Franchement, respect, mec. Cela dit, ton parcours est en partie la raison pour laquelle je sais que Rochelle n'est pas comme toi. Elle n'a aucune envie de s'installer pour construire une relation à long terme.

– Et alors ? C'est quoi le rapport ? Elle a dit qu'elle voulait un gamin, en plus.

– Ouais, mais pour qu'il hérite de sa fortune, c'est tout. Je ne la vois pas prendre un congé parental ou travailler moins pour s'occuper de son enfant. C'est des nounous qui s'en chargeront, c'est certain. Ce n'est pas grave, mais ça ne te ressemble pas. Dans ta famille, vous êtes proches et loyaux et vous aimez vous mêler de la vie des autres, comme chez moi. Tu vas me dire que tu ne cherches pas ce genre de femme ?

– Je ne sais pas ce que je veux, répond-il en haussant les épaules. Tout ce que je sais, c'est qu'il y a quelque chose entre nous. Je le sens.

– C'est du désir, Roy, crois-moi. Elle te plaît physiquement, et c'est normal. N'importe quel homme se battrait pour être avec une femme comme elle.

– C'est clair que c'est une bombe, acquiesce-t-il en se frottant le menton.

– Oui. Mais elle cherche un homme pour lui tenir compagnie la nuit, pour lui servir de trophée et rester à son bras pendant ses cocktails d'affaires. Elle ne cherche pas un homme dominant comme toi, elle veut un homme soumis, quelqu'un qui la vénérera et la chouchoutera.

– Comment tu peux en être sûr ? Tu crois que maintenant que tu es dans une relation sérieuse, pour la première fois depuis des lustres, tu es devenue spécialiste en amour ? ricane-t-il. J'ai plus discuté avec elle que toi et je n'ai pas eu la même impression.

Il saisit la pinte que pose le barman devant nous et j'essaie d'ignorer son attaque. Il faut qu'il ouvre les yeux.

– Tu n'as pas su lire entre les lignes. Une partie de mon travail est de comprendre ce que le client veut vraiment, même s'il ne le sait pas lui-même, et j'ai de bons résultats, je te rappelle.

Il hausse les sourcils sans me regarder.

– Roy, je te dis qu'elle veut un homme soumis. Crois-moi. Si tu tentes quoi que ce soit avec elle, non seulement on perdra une cliente, ce qui ne me dérange pas tant que ça, mais tu risques d'avoir le cœur brisé, et ça, ça ne me plaît pas.

Le barman nous interrompt en nous donnant les menus.

– Est-ce que tu as un sandwich au porc effilé ? je demande.

– Bien sûr.

– Alors, je vais prendre ça, avec des frites, s'il te plaît, je réponds en lui rendant le menu.

– La même chose, ajoute Royce.

Lorsque le barman s'en va, je regarde la télé un moment pour laisser le temps à Royce de digérer ce que je viens de dire.

Les Giants marquent un point avec un coureur en seconde base.

Royce boit une gorgée, puis il frotte son crâne chauve.

– Je ne sais pas comment ignorer notre attirance, Park. Et je ne suis pas certain de le vouloir, admet-il.

– Je te comprends, frangin. Mais je pense quand même que c'est dans ton intérêt de lutter.

Il hoche brièvement la tête, et nous regardons le match en silence. Ce n'est pas aussi confortable que d'habitude, mais j'ai parlé dans l'intérêt de Royce et j'assume ce que j'ai dit.

◆◆◆

De retour à l'hôtel, mon téléphone sonne, je vois « Ma pêche » s'afficher à l'écran.

Je m'allonge sur le lit en boxer.

– Coucou, ma belle, tu finis tôt ce soir.

– Pas vraiment, il est minuit ici. Mais c'était une bonne journée. Grâce à ton aide, on a pu filmer toutes les scènes d'amour. La réalisatrice a préféré ne pas attendre.

Je grince des dents et ravale ma jalousie, parce que c'est moi qui ai donné des astuces à son partenaire pour que lui et Skyler soient plus sexy à l'écran. Cependant, je préfère changer de sujet que de lui demander des détails.

– C'est super. Qu'est-ce que vous filmez ensuite ?

– Mes scènes d'action. J'ai hâte ! J'ai pris des cours de krav-maga pour être plus crédible lors des combats.

– Waouh, c'est un entraînement super-physique, je dis en l'imaginant couverte de sueur, en train de frapper un sac.

– Ben, tu n'es pas là, il faut bien que je trouve un moyen de me dépenser, répond Skyler d'une voix suave et sexy.

Je ne suis pas le seul à être en manque, apparemment. Il est temps de passer à la vitesse supérieure. J'ai besoin de la voir. J'appuie sur le bouton pour lancer la vidéo, et elle accepte aussitôt.

– Ma pêche, tu es magnifique, je dis en découvrant son regard brûlant et son sourire séducteur.

– Est-ce que je t'ai dit que je te kiffais, aujourd'hui ?

– Non, mais moi, je peux te dire que je te kiffe, je réponds en jouant des sourcils.

– Moi aussi, chéri.

Je la vois entrer dans sa cuisine et ouvrir le frigo. Dommage, moi qui espérais une petite vidéo coquine...

– Qu'est-ce que tu fais ? je demande.

– Je n'ai pas encore dîné.

– Je croyais que tu avais l'habitude de dîner avec Rick.

– Mouais, mais j'ai passé la journée à l'embrasser et à le tripoter, répond-elle en grimaçant.

Achevez-moi tout de suite !

Peu importe que Rick soit comme un frère pour Sky, je n'aime pas qu'un autre homme touche ce qui m'appartient. Or, Skyler est à moi, je vais m'accrocher à elle aussi fort que possible et ne jamais la lâcher.

– La dernière chose dont j'ai envie, c'est de dîner avec lui, poursuit Skyler. Il est cool, et ce que tu lui as appris nous a aidés, c'est clair, surtout le chewing-gum. Merci, au fait. Il n'a plus une haleine d'oignon, au moins.

Je la regarde se faire un sandwich au beurre de cacahuète et à la confiture, une des choses qu'elle préfère. Bon sang, maintenant qu'elle fait partie de ma vie, je ne sais pas ce que je ferais sans ces moments où elle me raconte sa journée.

– Qu'est-ce que tu as fait ce soir ? demande-t-elle.

J'adore être avec quelqu'un qui s'intéresse à moi, à ce que j'ai fait et à ce que je ressens. C'est agréable. Je n'ai jamais connu ça.

– On était au pub avec Royce. On a regardé le match.

– Ah bon ? Qui jouait ?

– Les Giants contre les Brewers. Les Giants ont gagné.

– Oh, ça me fait penser que j'ai appris que les Red Sox avaient gagné ? Un des caméramans en parlait. Tu dois être content.

Elle pense à moi, même quand elle bosse, comme je pense à elle. Je réalise que j'ai toujours quelque chose à lui raconter, parce qu'elle trouvera ça intéressant ou drôle. Et puis, l'idée que j'ai quelqu'un à qui me plaindre si j'ai passé une mauvaise journée ou si un des mecs m'agace est super-agréable. C'est presque aussi bien que de la retrouver en personne tous les soirs pour dormir avec elle.

– Tu aimes le base-ball, ma pêche ?

Elle hausse les épaules et pose son téléphone sur le plan de travail. Je la vois ouvrir le beurre de cacahuète et en mettre une couche épaisse sur son pain. Je suis content qu'elle mange davantage, ces derniers temps. Elle était bien trop maigre.

– Je ne peux pas dire que je n'aime pas ça, ou le sport en général. Mon père aimait regarder le base-ball, donc c'est ce que je connais le mieux. Mais je n'ai jamais vu de match au stade, tu pourrais peut-être m'y amener ?

– Avec plaisir, ma belle. Je vais dire à Wendy de regarder le planning des matchs des Red Sox et de nous prendre des billets.

– C'est vrai ? demande-t-elle d'un ton joyeux.

– Si tu peux te libérer pour une ou deux nuits, ouais, carrément.

– Ça doit être possible. La réalisatrice dit qu'elle te doit une faveur. Je dirai que c'est toi qui le demandes.

– Bonne idée.

Elle finit de préparer son sandwich et je repense à notre rendez-vous avec Rochelle. Je n'arrive pas à me sortir de la tête que ça va mal finir.

– Chéri... je vois que quelque chose te dérange. Tu veux en parler ?

Je lui raconte notre journée et le souci que je me fais pour Royce.

– Park, tu as fait précisément ce que tu lui interdis de faire ! ricane-t-elle.

– Ouais, je sais, je soupire. Mais je n'arrive pas à me débarrasser de cette impression que ça finira mal si l'un ou l'autre tente quoi que ce soit.

Skyler mord dans son sandwich et le mâche d'un air pensif.

– Royce est un grand garçon. Il peut faire ses propres erreurs, si c'en est bien une. Tu dois le laisser prendre ses décisions, et si ça tourne au vinaigre, tu dois être là pour lui, en tant qu'ami et collègue.

Skyler m'impressionne, sa logique et sa compassion sont vraiment naturelles chez elle.

– Tu es si pleine de sagesse. Ça doit être pour ça que je m'attache autant à toi.

Je réalise soudain ce que je viens d'avouer et je regarde Skyler se lécher les lèvres et poser son sandwich pour reprendre son téléphone.

– Chéri, pourquoi tu t'amuses à dire des choses aussi mignonnes alors que je ne suis pas là pour te montrer combien ça me fait plaisir ?

J'éclate de rire, soulagé qu'elle n'insiste pas sur ce que j'ai dit. Je ne veux pas en faire tout un plat, mais je suis curieux de savoir ce qu'elle aurait dit si j'avais été avec elle.

– Ah, et quelle aurait été ta réponse ?

Son visage s'illumine et mon soulagement se transforme en excitation à l'idée que cette femme a prévu de rester dans ma vie.

– Je t'aurais dit que je tiens beaucoup à toi, moi aussi, répond-elle en haussant un sourcil.

– Ah ouais ?

Je souris jusqu'aux oreilles. C'est une grande étape pour nous. Je ne pensais jamais me retrouver dans une telle situation après le mal que m'a fait Kayla, à la fac. Si Skyler et moi avons très vite couché ensemble, nous prenons notre temps pour apprendre à nous connaître, et je suis heureux d'admettre qu'elle compte plus pour moi que toutes les femmes de mon passé.

– Ouais, murmure-t-elle d'une voix douce.

Bon sang, si seulement je pouvais être à ses côtés pour l'embrasser et lui faire l'amour.

– Et qu'est-ce que tu aurais fait, ensuite ?

– Après ? Eh bien... je t'aurais sauté dessus.

Je me mords la lèvre pour me retenir de sourire.

– Admettons que ce soit le cas, comment tu t'y prendrais, au juste ?

Skyler se tapote sa lèvre, comme si elle réfléchissait.

– Je commencerais par m'asseoir à cheval sur toi.

– Hmmm, c'est un bon début. Et...

– Je me rapprocherais de ton visage et je mettrais mes mains sur tes épaules.

Mon sexe tressaute en visualisant la scène, en la voyant nue sur mes genoux, en train de se frotter contre mon érection grandissante. Je caresserais son dos et ses bras, et cela suffirait à faire durcir ses tétons et à la faire se cambrer pour offrir son sein à ma bouche.

– Je serais habillé ? je demande en descendant ma main vers mon sexe.

– Ça dépend. Je te prendrais comme tu es.

– Tu me prendrais... ? Vraiment ? Mais c'est de mieux en mieux, je ricane.

Elle lève les yeux au ciel, et ma verge devient énorme.

– Et ensuite ? Bébé, ne me laisse pas dans cet état, je grogne en empoignant mon érection.

– Non, tu vas te moquer de moi, répond-elle en fronçant son nez.

– Mais non, ma pêche. Je ne me moquerai pas de toi. Dis-moi, j'insiste d'une voix lourde de désir.

Skyler se lèche les lèvres et pose son téléphone pour que je voie son corps. Elle est vêtue d'un caraco, et je devine que ses tétons pointent sous le tissu fin.

Soudain, elle le saisit par le bas et l'enlève, de sorte qu'elle est complètement nue devant moi.

– Putain !

Je serre mon sexe encore plus fort tandis que Skyler promène ses mains sur son ventre puis sur ses seins parfaits. Je pourrais regarder des centaines de photos de *Playboy*, je ne trouverais pas de seins plus beaux et plus adaptés à la taille de mes mains, mais ce sont les siennes qui les empoignent.

Son sourire diabolique me dit qu'elle a tout à fait conscience de ce qu'elle me fait, et je me branle en poussant un grognement.

– Tu as commencé à te branler ? se moque-t-elle.

– Tu sais bien que oui, je grogne d'une voix rauque.

– Allez, montre. T'as vu mes seins, toi.

– Ah, tu veux jouer à ça ?

Elle hoche la tête tandis que je me débarrasse de mon boxer. J'empoigne de nouveau mon sexe tout en tournant la caméra pour qu'elle me voie au garde-à-vous pour elle.

– Bon sang, chéri, tu as l'air tellement dur...

Je retourne l'écran pour pouvoir la voir de nouveau. Elle a ses deux mains sur ses seins et elle titille ses tétons.

– Pince-les fort, bébé. Assez fort pour que ça te fasse un peu mal, comme je le ferais si j'étais là. Essaie de te faire jouir rien qu'en jouant avec tes seins, imagine que c'est moi qui m'amuse avec ma bouche.

Elle gémit et ferme les yeux en m'obéissant.

– Tu te masturbes ?

– Putain, oui, je murmure. Bon sang, je te vois te toucher et... j'aimerais être là. Je sucerais tes tétons tellement fort, bébé. Jusqu'à ce que ça te brûle et que tu me cries d'y aller plus fort.

Elle penche la tête en arrière et ses cheveux tombent dans son dos. Mon Dieu, j'adore la voir comme ça, quand elle succombe à sa passion.

– C'est ça, joue avec tes tétons. T'aimes que je te regarde faire en me branlant, hein ?

Je soulève mon bassin et j'imagine que je plonge dans son sexe chaud... ou non, plutôt entre ses superbes seins.

– Tu sais ce que je ferais si j'étais avec toi ?

– Dis-moi, chuchote-t-elle en secouant la tête.

– Je t'allongerais par terre...

– Ouais...

Elle parle d'une voix rauque et suave qui embrase mon sang tout en me donnant la chair de poule. Mes testicules sont lourds et se contractent, prêts à exploser, alors qu'une fine couche de sueur recouvre mon front, mon torse et mes abdos. Je fais un effort surhumain pour repousser mon orgasme.

– Je me mettrais à cheval sur ton ventre, je coincerais mon sexe entre tes seins parfaits...

– Mon Dieu, Parker... susurre-t-elle en se léchant les lèvres.

– Je les presserais sur ma verge et je les baiserais en mettant mon gland juste sous ta bouche pour que tu puisses le lécher, je poursuis en frissonnant de la tête aux pieds. Putain, tu me fais tellement bander...

– Parker... gémit Skyler, et son souffle accélère.

Je la regarde jouir, et l'idée qu'il lui a suffi d'entendre ma voix me fait décoller à mon tour. J'empoigne mes testicules et me branle une, deux, trois fois jusqu'à ce que je voie des étoiles.

– Sky... bébé ! je m'écrie en éjaculant sur mes abdos et dans ma main.

Nous prenons une minute pour revenir sur terre et calmer nos respirations. Lorsque j'ouvre les yeux, Skyler est accoudée sur le plan de travail, tête baissée, et ses cheveux tombent de part et d'autre de son visage.

– Waouh. Fais-moi penser à t'appeler plus souvent en FaceTime, ricane-t-elle.

Ses joues sont roses et elle est rayonnante.

– Aucun problème, je ris en m'étirant.

– J'aimerais que tu sois là, admet-elle alors que je suis sur le point de faire la même chose. Tu penses rester combien de temps à San Francisco ? demande-t-elle en se baissant pour ramasser son caraco.

– Je ne sais pas. Ça dépend du temps qu'il nous faut pour trouver un partenaire à notre cliente.

– En supposant que ce ne soit pas Royce, dit-elle en souriant et en enfilant son débardeur.

– C'est pas drôle, ma pêche, je râle en boudant.

– Moi je trouve que si, joli cœur !

– Bon... j'adorerais te parler toute la nuit... mais il faut que je prenne une douche, je dis en désignant mon ventre.

Son regard s'embrase.

– Si j'étais là, je m'en occuperais, répond-elle. D'ailleurs, si j'avais été là, il n'y aurait rien à nettoyer. Tiens, tu n'as qu'à penser à ça, et on verra combien de temps tu mets à rentrer, dit-elle en me lançant un clin d'œil avant de mordre dans son sandwich.

– Vilaine fille !

– Et tu aimes ça. D'ailleurs, tu as dit que tu t'attachais à ta vilaine fille, non ? répond-elle avec un sourire narquois.

– C'est vrai. Allez, repose-toi, d'accord ?

– Ça roule, chéri. Toi aussi. On s'appelle demain ?

– Ouais.

– Rêve de moi.

Elle me souffle un baiser, puis elle raccroche.

Je secoue la tête et me lève pour aller à la salle de bains.

Que je rêve d'elle...

Avec un corps comme le sien, un tel visage et sa façon de jouir... je peux dire avec certitude que Skyler est la femme de mes rêves. L'unique.

CHAPITRE 3

– Bonjour, Mademoiselle Renner, je dis en tendant la main à notre cliente.

Elle hoche à peine la tête dans ma direction et se dépêche de lâcher ma main pour serrer celle de Royce.

– Bonjour, beau gosse, lui dit-elle.

Il sourit jusqu'aux oreilles et la reluque des pieds à la tête.

– Tu es ravissante ce matin, Chellie.

Il la tutoie maintenant ? Je mets un gros coup de coude à Royce sans me soucier d'être discret.

– Euh... pardon, je voulais dire Mademoiselle Renner.

Elle sourit et fait le tour de son bureau pour s'y asseoir, Royce et moi nous installons face à elle.

– J'ai fait le vide dans mon emploi du temps afin de passer la matinée avec vous.

Elle recule dans son fauteuil, et son chemisier en soie rouge détonne contre le cuir noir. Ses cheveux sont lâchés, lisses et brillants, avec une raie au milieu.

Royce sort de son attaché-case les premiers profils que nous avons à lui présenter. Il se lève, rejoint Rochelle de son côté et nous donne une copie à chacun.

– Tout d'abord, nous avons contacté le plus grand site de rencontres en ligne, I-Bliss, et nous nous sommes procuré les profils des dix hommes qui correspondent le plus à vos critères. Nous les avons contactés, huit d'entre eux sont intéressés.

Au lieu de garder ses distances, Rochelle pose sa main sur l'avant-bras de Roy et le regarde en haussant un sourcil.

– Ah oui ? Huit ?

– En effet, oui. Vous êtes une femme très désirable, répond-il avec la même voix séductrice que Barry White.

J'ai envie de lui dire de se calmer, mais je prends sur moi et tâche de me rappeler les mots de Sky : Royce est un grand garçon et il prend ses propres décisions.

Je décide toutefois d'accélérer les choses avant que la situation ne devienne trop compliquée.

– Mademoiselle Renner, en plus des huit profils dont nous venons de vous parler, nous avons contacté notre conseillère habituelle. Elle a étudié vos critères et elle a choisi cinq autres candidats.

– Ça fait treize... dit-elle avec une petite voix. Ça porte la poisse... commence-t-elle à dire quand nous sommes interrompus par l'arrivée de quelqu'un.

– Chelle, je suis désolé de te déranger, mais ça ne pouvait pas attendre !

Un grand homme noir et baraqué, vêtu d'un costume haut de gamme, déboule dans le bureau. Il porte des lunettes à bord noir, un peu comme celles de Clark Kent. À côté de Royce, dont la peau est très noire, son teint est clair, plus encore que celui de Rochelle, qui se situe entre les deux.

– Messieurs, je vous présente Keehan Williams, chef des technologies d'information et de données, et ma personne préférée sur terre.

Keehan s'arrête et sourit à Rochelle, un sourire intime qui me dit que ces deux-là sont plus que collègues.

– Keehan, poursuit-elle, voici Royce Sterling et Parker Ellis, de chez *International Guy*.

Keehan lève brusquement la tête et nous fusille du regard.

– Tu vas le faire, alors ?

– Je te l'avais dit, répond-elle en souriant.

Apparemment elle n'a pas remarqué sa colère.

– C'était censé être une blague, Chelle ! Bon sang, dans quoi tu t'es encore fourrée ? s'exclame-t-il en se frottant la tête.

Elle le regarde en fronçant les sourcils, et Royce et moi sommes devenus transparents.

– De quoi tu parles ? Je t'avais dit que j'avais besoin d'un homme dans ma vie.

Je le vois grimacer en l'écoutant et, pour moi, ça en dit long sur la situation. Ce type a le béguin pour sa patronne, c'est peut-être même plus qu'un béguin.

– Kee, j'en ai marre de passer mes soirées toute seule. Mes congés...

– Avec moi ! s'écrie-t-il d'une voix vexée.

Le regard de Rochelle s'adoucit, elle lui caresse la main.

– Tu sais bien que j'aime passer du temps avec toi, mais j'ai des besoins, comme toutes les femmes. Je ne sais absolument pas comment tu supportes ton célibat, dit-elle en secouant la tête.

Elle éclate de rire et se rassoit, créant une distance entre elle et Keehan, que rien ne pourrait forcer à détourner le regard.

Je regarde Royce, pour m'assurer qu'il voit la même chose que moi. À sa mâchoire crispée, ça ne fait aucun doute, il voit la même chose et ça ne lui plaît pas.

Je me retiens de rire et j'observe le langage corporel de Keehan tandis qu'il parle à sa patronne. Sa patronne séduisante qu'il semble vouloir connaître sur un plan intime.

– Pendant que tu t'amuses à prévoir ta vie de femme au foyer...

– De femme au foyer ! s'exclame Rochelle en riant. Tu es marrant, toi. Ce n'est pas parce que je veux un enfant que je serai femme au foyer. Bon sang, ce que tu peux être drôle !

Ah ! Elle vient de confirmer la raison principale pour laquelle je trouve qu'elle n'est pas faite pour Roy. Si nous étions dans mon bureau, à Boston, je me lèverais pour tirer ma révérence.

– Du moment que je te fais rire... dit-il en souriant et en effleurant son oreille. J'aime bien quand tes cheveux sont lissés, Chelle. Ils sont tout doux.

Bon sang, ils ne semblent pas se rendre compte que leurs préliminaires ont lieu devant nous, ni que ce sont des préliminaires, d'ailleurs.

Royce finit par me regarder en fronçant les sourcils.

– C'est qui, ce type ? articule-t-il en désignant Keehan.

Je souris de plus belle, car il a enfin compris que Rochelle n'avait pas l'intention de tomber amoureuse, tout simplement parce qu'elle l'est déjà de Keehan, même si elle ne le sait pas.

Je repense à l'aveu que j'ai fait à Skyler hier soir et ma gorge se noue. Suis-je amoureux d'elle ? Est-ce que je refuse de me l'avouer ? Je m'agrippe aux accoudoirs de mon fauteuil et j'inspire calmement, m'efforçant de ne plus y penser et de ne pas paniquer.

– Tu es toujours si gentil avec moi, Kee, répond Rochelle en tapotant la main de son collègue.

Soudain, la situation devient évidente : Rochelle n'a pas besoin d'un homme à la maison, car elle en a déjà un au travail. En réalité, ses deux amours sont réunis dans un même endroit : le travail et Keehan. Cela dit, si j'en crois son langage corporel, Rochelle n'a pas franchi la ligne entre boss et copine. Elle semble avoir un professionnalisme qu'on ne m'a pas enseigné à Harvard.

Je me racle la gorge pour les interrompre. Keehan cligne des yeux et tourne la tête vers nous, comme s'il se rappelait soudain qu'il y a deux étrangers dans le bureau de sa patronne.

– Je suis désolé, ce n'est pas très correct. Je suis Keehan Williams, dit-il en nous serrant la main. Je suis navré de vous interrompre, mais ça ne pouvait pas attendre. Chelle, il faut que tu regardes les résultats du dernier trimestre, explique-t-il en montrant sa tablette. Et ceux du trimestre précédent, poursuit-il en faisant défiler les pages. Et du trimestre d'avant aussi.

– Ils déclinent, répond-elle. Ça arrive, les intérêts montent et descendent, tu le sais parfaitement.

– Ouais, mais justement, c'est ça le problème. Ça fait deux ans que la valeur de ces actions augmente progressivement, et les taux d'intérêt sont fixes. Les résultats trimestriels devraient augmenter au lieu de baisser.

Royce se lève et fait le tour du bureau.

– Je peux ? Je m'y connais en finances.

Keehan le regarde des pieds à la tête en grinçant des dents.

– Pourquoi je ne suis pas surpris ? Il aurait pu être moche, au moins, chuchote-t-il dans sa barbe en laissant la place à Royce.

Bon sang, ça ne fait pas de doute, Keehan n'est pas content qu'on soit là et que Rochelle cherche un mec.

– Et qu'en est-il des comptes de résultat ?

– Il y en a cinq, là, vous n'avez qu'à cliquer, grommelle Keehan.

Royce et Rochelle étudient les documents.

– Eh bien, ce n'est pas bon, dit Royce en se grattant le menton.

– Vous ne croyez pas si bien dire, soupire Rochelle en croisant les bras.

Elle se fait silencieuse un moment, perdue dans ses pensées.

Quant à moi, les chiffres ne sont pas mon truc. Je sais analyser des comptes et gérer la comptabilité de la boîte, mais rien de complexe. C'est pour ça que c'est Royce qui s'occupe des finances d'*IG* ainsi que des investissements personnels de Bo et des miens. Sa maîtrise de la Bourse nous a tous rendus très riches.

– Alors, c'est bien ce que je pensais ? demande Keehan à Rochelle.

– Si tu pensais que quelqu'un me vole, alors oui, c'est bien ce que tu pensais, rétorque-t-elle froidement.

Je grimace, mais je ne dis rien, ce n'est pas mon domaine. Dans des situations aussi sensibles, il vaut mieux se taire et laisser les experts décider de la marche à suivre. Ma mission ici, à San Francisco, est de trouver un partenaire à notre cliente. Et maintenant que j'ai vu Keehan, la tâche va être encore plus simple à accomplir. Pendant qu'ils se préoccupent de savoir qui arnaque l'entreprise, je suis déjà en train de mettre au point un plan pour tirer parti de la situation.

– Trouver le coupable ne va pas être une mince affaire, dit Rochelle en se tapotant le menton de son index. Il y a au moins quarante personnes qui ont accès à ces comptes.

Royce se met à faire les cent pas alors que Keehan rejoint Rochelle de son côté du bureau et pose sa main sur son épaule.

– Merci de toujours assurer mes arrières, dit-elle en levant un regard inquiet vers lui.

– Je suis là pour ça, professionnellement, mais pas seulement, Chelle. On est ensemble dans cette aventure depuis le début, répond-il assez fort pour que tout le monde entende.

Pas touche à ma nana, grand méchant Royce !

– Ça fait longtemps que vous travaillez pour Rochelle ? je demande en souriant.

– Depuis le tout premier jour de *Renner Financial Services*, répond-il.

– C'est mon ancre. Je ne sais pas ce que je ferais sans lui, dit Rochelle en prenant sa main.

Je souris de plus belle. Finalement, cette mission va se faire les doigts dans le nez.

◆◆◆

Pendant que Rochelle et Royce sont en train de réfléchir, de demander des rapports d'activité et un tas d'autres documents, je suis Keehan dans le couloir.

– Euh... je peux vous aider ? demande-t-il.

J'aligne mon pas sur le sien, même si je fais quelques centimètres de moins que lui.

– J'ai pensé que pendant qu'ils réfléchissaient, je pourrais te suivre et en apprendre plus à propos de ta patronne. Ça ne te dérange pas qu'on se tutoie ?

Il fronce les sourcils.

– Vous avez l'air proches, tous les deux, j'ajoute en attendant de voir sa réaction.

– On peut se tutoyer, oui. Et oui, on est proches. C'est une femme géniale, répond-il d'une voix émerveillée.

– Oui, je l'ai deviné tout de suite. D'ailleurs, son parcours professionnel est impressionnant.

– C'est la meilleure dans son domaine, acquiesce-t-il.

– Et toi ?

– Comment ça ? répond-il en remontant ses lunettes.

– Ta carrière te plaît ? Tu aimes ton poste à *RFS* ?

Il fronce les sourcils, mais ne ralentit pas. Nous passons devant des employés concentrés sur leur travail dans leurs bureaux. Apparemment, l'étage est découpé en bureaux et en salles de réunion, il n'y a pas d'open space, ce qui est plutôt logique pour des gens qui étudient des dossiers sensibles et confidentiels.

– Ma place ici est solide. Comme je l'ai dit tout à l'heure, Chelle et moi sommes ensemble depuis le tout début.

On a traversé beaucoup de choses. Les gens vont et viennent, mais il y a une chose qui ne change pas.

– Et c'est quoi ? je demande en souriant.

– Moi. Je n'ai l'intention d'aller nulle part, répond-il, tout sourires.

– Mais tu ne veux pas une vie de famille ? Tu es à l'âge où la plupart des mecs trouvent une femme et prévoient d'avoir des enfants.

– Je ne sais pas, parfois, oui. Le problème, c'est qu'il faudrait que ma femme comprenne que mon travail passe en premier. Rochelle a été déçue et lâchée par un tas de mecs dans sa vie privée et professionnelle, je ne veux pas que mon nom soit rajouté à la liste.

– Waouh, à t'entendre, Rochelle est la personne la plus importante de ta vie, je dis en riant, en espérant le réveiller un peu.

– Elle l'est, admet-il en haussant les épaules. Nous n'avons pas beaucoup de famille dans le coin. Lorsqu'il y a un jour férié, on le passe ensemble, et on travaille tard le soir pour étudier les chiffres et fixer les objectifs. Je m'ennuierais si elle n'était pas là.

– Voilà qui est intéressant.

Il tourne à gauche et emprunte un autre long couloir qui nous emmène devant un mur vitré derrière lequel des serveurs géants fredonnent et font vibrer le sol.

– Pourquoi c'est intéressant ? demande Keehan.

– Peu importe. Tu n'avais pas l'air ravi que Rochelle nous ait appelés. Pourquoi ça ?

– Pour rien, répond-il, mais son regard noircit. Si elle veut se trouver un nouveau joujou, ça la regarde. Ils ne durent jamais. Je ne suis pas inquiet.

Ah ! Il ne connaît pas Royce. Si mon collègue veut Rochelle, sa drague sera acharnée.

Et puis, j'ai confiance en mes capacités à lui trouver l'homme qu'il lui faut.

– Oh, mais celui-ci durera, justement. Elle me paie pour lui trouver le partenaire idéal. Quelqu'un avec qui fonder une famille et avoir un enfant.

Il s'arrête brusquement, comme s'il venait d'être frappé par la foudre.

– Tu plaisantes, grogne-t-il en faisant les cent pas dans le couloir comme un animal en cage. C'est complètement fou. Elle ne peut pas sérieusement prévoir d'avoir une famille avec le type que tu vas lui trouver !

– Pourquoi pas ?

– Parce qu'elle ne peut pas se marier et avoir un enfant ! s'exclame-t-il en se frottant le crâne, furieux.

– Mais pourquoi ? je demande de nouveau d'une voix parfaitement calme.

– Parce qu'elle est censée être à moi ! Elle est censée m'épouser, moi ! Avoir mon enfant ! s'écrie-t-il en se tournant vers la porte au bout du couloir, qu'il ouvre en la claquant contre le mur. Je n'arrive pas à croire qu'elle ait fait ça ! poursuit-il en se tournant vers moi, la mine déconfite. Pourquoi elle ne le voit pas ? Dis-moi, c'est toi l'expert. Pourquoi elle ne voit pas ce qui est devant ses yeux ?

– D'après ce que j'ai vu, vous êtes tous les deux très proches.

– Absolument, acquiesce-t-il.

– Vous comptez l'un sur l'autre.

– Totalement.

– Ça fait longtemps que vous travaillez ensemble.

– Oui, d'accord, mais où tu veux en venir ? répond-il d'un ton exaspéré.

– Eh bien, j'ai l'impression que tu n'as jamais tenté quoi que ce soit.

Soudain, Keehan semble se liquéfier. Ses larges épaules s'affaissent et il baisse la tête.

– On ne peut pas s'amuser avec une femme comme Rochelle. Surtout avec un passé comme le nôtre. Elle se moquerait de moi.

– Pourquoi ?

– Parce que je suis loin d'être assez bien pour elle.

Ce type est dingue. Je le regarde des pieds à la tête et prends en note son corps musclé et ses vêtements bien choisis. Je ne vois aucune raison qui expliquerait qu'il ne pense pas mériter Rochelle.

– C'est faux. Tu es un bel homme, tu es intelligent et ambitieux. Selon moi, vous allez très bien ensemble, justement.

– Tu ne peux pas comprendre, soupire-t-il en se frottant le menton.

– Détrompe-toi, tu serais surpris. Je sais parfaitement ce que tu ressens, justement. Je sais ce que c'est que désirer quelqu'un qui est d'un monde complètement différent.

– Tu parles !

– Mec, je sors avec Skyler Paige, je déclare en posant une main sur son épaule.

Il écarquille les yeux.

– L'actrice ?

Je hoche la tête.

– La plus belle nana d'Hollywood...

– Fais gaffe à ce que tu dis, je gronde en lui coupant la parole.

Je découvre qu'il suffit qu'un homme fasse une allusion, même minuscule, à la beauté et à la sensualité de Skyler pour que je sois prêt à lui arracher la tête.

– Merde, siffle Keehan. Alors, tu sais de quoi je parle, même si c'est cent fois pire pour toi. Bref, quoi qu'il en soit, je suis un énorme loser à côté de Rochelle.

– Alors, tu admets que tu ne lui as pas donné de raison de te voir autrement que comme ami ou confident ? Autrement que comme collègue ?

– On est plus que collègues, quand même.

– C'est pas flagrant, je réponds.

– Ça n'était jamais le bon moment !

– À ce rythme, mec, ça ne le sera jamais. J'ai vu des escargots aller plus vite que toi. Les vieux en maison de retraite draguent plus vite que toi. Sois honnête : qu'est-ce qui te retient ? Elle est superbe et tu es un bel homme. Et d'après ce que j'ai vu dans son bureau, vous tenez l'un à l'autre.

– Je suppose que c'est ça le problème, justement. Je tiens trop à elle, admet-il sur un ton de défaite.

– Tu ne veux pas mettre en danger votre amitié, c'est ça ?

– Si ça ne marche pas entre nous, on perdra tout et notre relation professionnelle deviendra impossible. Ça va sans doute te paraître nul, mais c'est ma meilleure amie et le travail est notre ambition commune. C'est ce qui nous définit.

– Mais tu aimerais quand même que vous soyez plus qu'amis, non ?

– Oui, répond-il en se massant la nuque.

– Visiblement, elle cherche autre chose elle aussi, sinon elle ne nous aurait pas appelés.

Keehan fait le tour de son bureau et s'assoit dans son fauteuil, face à trois écrans.

– C'est quoi tout ça ? La tour de contrôle ?

Je regarde autour de moi et remarque d'autres bureaux sur lesquels sont posés des ordinateurs. Il y a des écrans télé sur un des murs, qui affichent le cours de la Bourse en temps réel.

– On peut dire ça, oui. Je m'occupe d'analyser nos résultats et de garder un œil sur les différentes actions et les marchés mondiaux, tout en envoyant des résumés à Chelle et son équipe en temps réel. Je m'occupe aussi des techniciens réseaux, des développeurs et autres geeks.

– Alors, dis-moi... avec un tel suivi, comment quelqu'un a-t-il pu voler de l'argent à *RFS* ? Il n'y aurait pas des signaux d'alarme ?

Il hoche la tête en tapant à toute vitesse sur son clavier.

– Je sais que Rochelle a dit que quarante personnes avaient accès à ces comptes, mais ils ne peuvent pas y toucher sans laisser une trace électronique. Le système enregistre tout ce que font les gens. Royce m'a dit de vérifier qu'une personne étrangère n'ait pas ouvert ces dossiers.

– Dans ce cas, ça ne devrait pas être difficile de trouver le coupable, si ?

– En théorie, non. D'après ce que j'ai vu, cela fait au moins dix-huit mois qu'on nous escroque. Il faudrait que je remonte plus loin pour en être sûr.

– Si j'étais toi, je m'y attellerais tout de suite. Et dépêche-toi d'apporter tes découvertes à la patronne, j'ajoute en souriant et en lui faisant un clin d'œil.

– Je n'y manquerai pas. Et toi, qu'est-ce que tu vas faire pendant ce temps ?

– À propos du voleur ? Rien. Je ne suis pas là pour savoir qui lui vole de l'argent, même si je suis sûr que Royce en a fait sa mission personnelle. En dépit de tes sentiments pour elle, je suis là pour lui trouver un partenaire.

– Et comment tu as l'intention de t'y prendre ? demande Keehan sans cesser de tapoter son clavier.

– Pourquoi ? Tu as enfin l'intention de te jeter dans la gueule du loup ? Ou plutôt de la louve ?

Bon sang, il mord vraiment trop facilement à l'hameçon.

– Peut-être, répond-il en me dévisageant.

– J'ai treize candidats à lui présenter.

– Avec moi ?

– Avec toi, ça fera quatorze, je réponds comme si ce n'était pas un chiffre élevé.

En théorie, ça ne l'est pas, mais pour un homme qui est amoureux d'une femme et qui le cache depuis des années, ça fait treize compétiteurs.

– Bon sang, c'est un cauchemar, dit-il en se pinçant le nez.

– Je suis désolé que tu voies les choses ainsi. Ce que je peux dire, c'est que je suis content que ça te pousse dans tes retranchements. Quelque chose me dit que Rochelle n'aime pas attendre. Elle doit vouloir que les hommes prennent les devants, qu'ils lui montrent qu'ils sont intéressés. Je ne pense pas qu'elle apprécie qu'un homme se tourne les pouces pendant qu'elle se couche seule tous les soirs.

– Oh, mais ne t'en fais pas, elle n'est seule que parce qu'elle le décide. Tu l'as vue ? ricane-t-il.

– Et ça ne te fait rien ?

– Si, je me sens comme un chewing-gum collé à la semelle de ses Louboutin, comme un loser qui est dingue d'une femme et qui vit une vie de célibat parce qu'aucune autre femme ne l'intéresse. Il me suffit de la voir pour me sentir plus vivant que jamais. Avec les autres, c'est à peine si j'arrive à être excité.

– C'est dur, je réponds en secouant la tête.

– C'est la triste vérité.

– Eh bien, je crois que tu as besoin de mettre en œuvre de sérieux changements, si ce n'est pour toi, alors fais-le pour ton camarade, j'ajoute en regardant délibérément entre ses cuisses.

– Et comment penses-tu que je devrais m'y prendre ?

Je souris et je m'installe dans le fauteuil en face du sien. Le plan que j'ai élaboré pendant qu'ils parlaient du fraudeur se met en place tout seul.

CHAPITRE 4

Le lendemain matin, je suis de retour au siège de *Renner Financial Services.* Je sais que Royce a veillé avec Rochelle pour l'aider à attraper l'enfoiré qui lui vole des sous, mais il ne m'a pas tenu au courant de leurs avancées. Je me suis couché avant qu'il ne rentre à l'hôtel, ce qui ne me plaît pas, mais comme Skyler me l'a rappelé, Royce est un grand garçon qui sait se débrouiller.

Toutefois, je me demande toujours s'il ne vaudrait pas mieux le renvoyer à Boston pour qu'il s'occupe d'un client qui ne l'affecte pas autant. Ce serait la chose la plus sage à faire, c'est clair, car son attirance pour elle va tout gâcher.

Un peu comme quand tu t'es jeté sur Skyler, ou que t'as couché avec Sophie.

Je suis un énorme hypocrite. Je sais que je dois laisser les choses suivre leur cours, mais je meurs d'envie de réparer la situation, de trouver pour mon frangin quelque chose qui soulagera son désir de stabilité, comme j'ai trouvé Skyler. Il n'y a pas de mal à vouloir qu'une personne à qui on tient ait ce qu'elle désire dans la vie, si ?

Lorsque j'atteins le bureau de Rochelle, je n'ai toujours pas décidé du meilleur moyen d'aborder de nouveau la situation avec Royce. J'entends des rires derrière la porte, et je reconnais immédiatement celui de Royce. J'ouvre lentement la porte et grince des dents en découvrant la scène.

Rochelle est assise sur son bureau, la jupe remontée sur ses cuisses, son chemisier en soie ouvert sur son soutien gorge Wonderbra, et Royce est debout entre ses jambes écartées. Elle penche la tête en arrière et rit tandis que Royce dépose une série de baisers depuis son cou jusqu'à sa bouche. Sa main se referme sur sa cuisse, qu'il remonte plus haut sur sa taille.

Jésus Marie Joseph ! La situation est grave.

– Tu veux que je te prenne ici dans ton bureau, comme je l'ai fait hier soir ?

– Mon Dieu, oui, dit-elle en agrippant ses fesses pour le ramener contre elle.

Je n'arrive pas à voir si son boxer est baissé, de dos, il semble habillé.

– Ce n'est vraiment pas professionnel, dit-il.

– Non, absolument pas, je gronde depuis la porte.

Ils sursautent et tournent la tête vers moi. Royce lâche les jambes de Rochelle, qui le repousse pour descendre de son bureau tout en baissant sa jupe.

– Mec ! dit Royce froidement.

Comme je le pensais, sa braguette est fermée. Ouf. En dehors de sa cravate desserrée et de quelques boutons défaits, il est plutôt présentable.

– Je vois que ça travaille dur, je dis en tenant ma tablette devant moi, celle qui contient les profils que j'allais présenter à Rochelle.

Royce ferme les yeux et soupire.

– Monsieur Ellis, ce n'est pas ce que vous croyez...

– Ah non ? Ce que je crois, c'est que mon partenaire allait vous prendre sur votre bureau, et que d'après ce que j'ai compris, ça n'aurait pas été la première fois, je réponds simplement.

– D'accord, dans ce cas, c'est bien ce que vous croyez, acquiesce Rochelle en souriant. Mais ne vous en faites pas, ce n'est pas sérieux. On ne fait que s'amuser. C'est du fun.

C'est du fun. On ne fait que s'amuser.

Je repense à l'époque où je pensais seulement m'amuser avec Skyler. Or, notre *fun* s'est transformé en relation sérieuse. Si je pensais que Rochelle était la femme parfaite pour Royce, je lâcherais l'affaire, mais son aveu vient de prouver que j'ai raison.

Je secoue la tête et me tourne pour fermer la porte et éviter les regards des curieux.

– Écoutez, si vous avez tous les deux envie d'être ensemble, je n'ai pas l'intention de m'immiscer entre vous. Mais vous nous avez engagés pour vous trouver un partenaire. Est-ce que la situation a changé depuis hier soir ? je demande en désignant Roy.

– Non, répond-elle immédiatement, avant que Royce ait eu l'occasion de dire un mot.

Il ouvre la bouche et la referme, et je le vois remettre son masque de pro. Je le connais depuis plus de dix ans et je sais qu'il ne s'attendait pas à une telle réponse. Royce a beau aimer s'amuser un peu, il ne risquerait rien au travail s'il ne s'était pas déjà attaché à Rochelle.

– Non ? Vous êtes sûre ? je demande pour vérifier qu'elle n'espère pas davantage avec Royce.

Rochelle se lisse les cheveux avant de répondre.

– Roy et moi sommes compatibles, physiquement, mais sa vie est dans le Massachusetts et la mienne en Californie. Quelques parties de jambes en l'air, aussi mémorables soient-elles, sont la seule chose que nous pouvons nous offrir. N'est-ce pas, beau gosse ? demande-t-elle en lui lançant un clin d'œil.

Royce se lèche les lèvres et hoche la tête.

– Absolument, Chellie. Il n'y a que ton corps qui m'intéresse, et seulement s'il est nu.

Il parle d'une voix normale, mais il a clairement choisi ses mots pour faire tomber les barricades de Rochelle, or ça ne l'atteint même pas.

– Vous voyez, Parker ? Il n'y a aucun problème. Je crois que vous vouliez me montrer les treize candidats ? Je dois avouer que je suis tout excitée. Un peu comme à Noël, sauf qu'au lieu d'ouvrir des cadeaux, je vais découvrir mon futur mari.

Mon Dieu, est-ce que j'étais aussi insensible par le passé ? Je me suis parfois comporté comme un enfoiré, c'est clair, surtout après ce que m'a fait Kayla, mais je suis sûr que les femmes avec qui je couchais savaient à quoi s'attendre. Sophie connaissait les conditions, d'ailleurs elle m'a aidé à les établir. Ce n'est pas le cas de Royce.

Je tourne la tête vers lui et mon cœur bat plus fort. Il se tient droit et s'efforce de faire comme si tout allait bien, mais je le connais : Rochelle lui plaît énormément. Ça ne doit pas être facile pour lui.

Soudain, je m'en veux de la façon dont j'ai pu traiter les femmes par le passé. Tout a changé, à présent, car il n'y a plus que Sky. Si seulement je pouvais aider mon frangin à trouver sa perle rare.

– On ne peut pas vous promettre le mariage, je rappelle à Rochelle. Notre but est de vous trouver le meilleur candidat possible. C'est à vous de décider de la relation que vous établirez avec lui.

– Je comprends, ne vous en faites pas, répond-elle.

Pendant que je cherche un moyen d'apaiser la situation, une situation dont Rochelle n'a absolument pas conscience, Royce ajuste sa veste et se redresse avant de tourner les talons et d'aller à la porte.

– Si vous voulez bien m'excuser, je vais voir Keehan et lui donner la liste des cinq personnes sur lesquelles nous devons enquêter.

– Très bonne idée, répond Rochelle en souriant jusqu'aux oreilles.

Elle se comporte comme s'il ne s'était rien passé. Comme si le fait de trouver un mari potentiel n'était rien d'autre qu'une transaction financière. Moi qui pensais être accro au travail, à côté d'elle, l'équipe d'*IG* n'est qu'une association d'amateurs. En revanche, en matière de morale, c'est une autre histoire. Cette femme n'a aucun scrupule à coucher avec un collaborateur sur son bureau, retenter sa chance le lendemain matin et passer l'éponge comme s'il ne s'était rien passé.

Je ne me crois pas capable d'être aussi dur, mais sans doute l'ai-je été. Quand j'ai découvert que Kayla me trompait, j'ai couché avec des dizaines de femmes, dont je ne me rappelle même pas les prénoms. Cela dit, je les rencontrais dans des bars et elles attendaient la même chose que moi.

Or, Royce veut plus. Keehan veut plus.

Je me demande si je vais réussir à lui faire voir la vérité, l'aider à voir que ce qu'elle veut est sous son nez depuis le début.

Et surtout, en plus de douter de pouvoir aider ma cliente, je m'inquiète pour mon frangin. Ça fait longtemps qu'il n'a pas été prêt à tenter sa chance avec une femme. Sa confiance a dû en prendre un sacré coup et je ne suis pas sûr qu'il s'en remette. Au moins, Royce sait qu'il peut être honnête et me dire ce qu'il ressent vraiment. Au travail, il va devoir prendre sur lui et le cacher. Je ne sais pas comment cela l'affectera à long terme. J'espère qu'il voit enfin la situation telle qu'elle est : ce n'est rien que du fun.

Royce sort du bureau avant que je puisse lui dire quoi que ce soit, et c'est sans doute mieux. On parlera quand il sera calmé.

– Tu es prêt ? demande Rochelle. J'ai décidé qu'il était temps qu'on se tutoie, ajoute-t-elle, tout excitée.

– Ça me va. Je suis prêt.

Je m'assois sur le canapé près de son bureau et, quelques clics plus tard, l'écran de ma tablette s'affiche sur celui de son ordinateur, révélant un bel homme noir d'une trentaine d'années. Rochelle se tient plus droite, croise les jambes et pose son menton sur ses mains jointes devant elle.

– Michael Conway, développeur dans la Silicon Valley. Il est free-lance. Il a créé des applications pour aider les secours locaux à répondre aux urgences. Son salaire annuel ne dépasse pas les six chiffres, mais il a de bons investissements.

– Et sa famille ?

– Divorcé sans enfants.

– Ah bon ? C'est lui qui lui a fait du mal ou l'inverse ?

– C'est important ? Tu as une préférence ?

J'aimerais savoir comment elle réfléchit, si elle est du genre à regretter d'avoir blessé Roy sans le vouloir, par exemple. Cela dit, je ne suis pas sûr que Rochelle fasse quoi que ce soit sans y avoir réfléchi auparavant.

– Je fais juste preuve de sérieux, il s'agit de mon avenir, après tout. S'il a été blessé, il y a moins de chance qu'il me fasse du mal, non ?

C'est triste, mais elle a raison, et je ne suis pas surpris de la voir prendre la question au sérieux, j'aime son approche directe. À l'évidence, cela lui a réussi dans sa vie professionnelle mais pas dans sa vie privée. J'espère pouvoir y remédier.

J'ouvre de nouveau son dossier jusqu'à trouver l'info que je cherche, merci Wendy.

– D'après les registres officiels, sa femme a déposé une demande de mariage une semaine après leur divorce, il y a trois ans.

– Oh, pauvre beau gosse, dit Rochelle en faisant la moue.

– Au suivant : Sean White, joueur de base-ball professionnel récemment retraité. Il a déjà un poste d'entraîneur pour la San Francisco University.

– Je passe. Je n'ai aucune envie d'aller à des matchs universitaires ni à des événements sportifs quels qu'ils soient.

– Tu es sûre ? Sa mère est décédée, donc tu n'auras pas de belle-mère agaçante, et ses deux dernières copines l'ont trompé, donc il sera fidèle.

– Vraiment, Parker, insiste-t-elle en secouant la tête. Je n'ai aucune envie de regarder, de parler ou de supporter des sportifs. Je ne veux pas faire la difficile, mais je suis déjà sortie avec un sportif professionnel. Ils sont en colère quand on ne veut pas aller au match, en colère quand on veut qu'ils éteignent la télé pour passer du temps avec eux, et ils sont encore en colère quand on ne connaît rien au sport et qu'on ne les encourage pas. Franchement, les sportifs ne m'intéressent pas.

En colère quand on ne passe pas du temps avec eux.

Je repense à toutes les nuits où Kayla arrivait dans une nuisette sexy et voulait que j'arrête mes révisions pour passer du temps à lui donner du plaisir. Ces nuits me flinguaient. Chaque veille d'exam, c'était la même rengaine : « Tu ne passes pas assez de temps avec moi ! » Je passais la soirée à la chouchouter, et le reste de la nuit à engloutir du café pour être prêt pour le lendemain. Et tout ça pour quoi ? Pour une femme qui couchait avec deux mecs en même temps.

– Ça marche. Et les hommes qui travaillent dans la finance ? je demande à Rochelle, même si ce n'est pas le cas du candidat suivant.

– Il est canon, répond-elle en regardant l'écran.

– Il est pompier.

Ses cheveux sont coiffés avec des tresses africaines. Il a un grand sourire étincelant et, à en croire sa biographie, c'est l'homme le plus terre à terre de tous. Toutefois, j'ai besoin qu'elle pense à quelqu'un qui fait déjà partie de sa vie, quelqu'un qui est raide dingue d'elle.

– Que dirais-tu d'un homme qui fait le même métier que toi ?

– Ça rendrait les dîners d'affaires plus simples, c'est clair.

– Celui-ci a une grande famille, mais elle habite sur la côte Est, donc vous n'auriez à leur rendre visite que pour les fêtes, et ce genre de chose.

– Chouette. On le garde, celui-ci.

Je passe au profil suivant.

– Wouah... tu as trouvé de sacrés beaux gosses. Bravo.

Je souris jusqu'aux oreilles, car l'homme porte des lunettes semblables à celles de Keehan et il lui ressemble pas mal. Ils ont la même couleur de peau et les mêmes cheveux courts, mais si Keehan est imberbe, le médecin a une moustache fine et un petit bouc. Wendy a pris cette photo sur le site de l'hôpital, donc il est en blouse blanche. Rochelle ne peut pas être attirée par cet homme et ne pas l'être par Keehan, c'est impossible.

– Il est médecin. Chef des urgences au CHU.

– Cool, ça veut dire qu'il est très occupé. Il ne râlera pas si je travaille trop, car ce sera son cas aussi. On se croiserait suffisamment longtemps pour manger ensemble, faire l'amour ou dormir. Ce serait chouette d'avoir un médecin à mon bras pour les repas d'affaires.

– S'il n'a pas d'urgence. Apparemment, c'est pour ça qu'il est célibataire. Il a beaucoup de rencards, mais la plupart du temps il doit les écourter pour courir à l'hôpital.

– Ça ne me gêne pas. Je n'aurai sans doute pas le temps pour des sorties, de toute façon, répond-elle en riant.

Bon sang, ça me fait penser que la dernière fois que j'ai proposé une sortie à Skyler, c'était au restaurant italien à New York. À moins qu'on compte le mariage royal où on a été ensemble. Skyler aime le romantique, elle mérite un dîner aux chandelles, une balade sur la plage quelque chose qui lui fera comprendre qu'elle est spéciale. Je me promets de demander à Wendy de lui envoyer des fleurs, mais je réalise que je ne sais pas quelles sont ses fleurs préférées.

Je suis un piètre petit ami. Je vois ma nana juste assez longtemps pour manger, dormir et baiser Il faut que ça change. L'idée qu'elle emménage à Boston déclenche un frisson d'excitation qui me parcourt tout entier et me fait sourire jusqu'aux oreilles. Ma mère et Wendy adoreraient apprendre à la connaître.

– Euh... allô ? dit Rochelle en riant. Mec suivant, s'il te plaît.

Au lieu de passer à la photo suivante, je me penche en avant pour étudier l'écran.

– Bon sang, ce type me fait penser à quelqu'un...

Elle étudie la photo à son tour et, soudain, elle sourit jusqu'aux oreilles.

– Mon Dieu, tu as raison ! Il ressemble à Keehan. Même ses lunettes sont les mêmes !

Voilà ma chance.

– Keehan a dit que vous êtes partenaires depuis le début ?

Elle hoche la tête en regardant la photo, et je sais qu'elle ne voit plus le visage du docteur.

– Ouais, il fait partie de la famille. Il est fidèle et c'est le meilleur employé et le meilleur ami que j'ai jamais connu.

– Ah bon ? Vous vous voyez en dehors du travail ? je demande, l'air de rien.

– Quand nos emplois du temps le permettent, oui. D'ailleurs, c'est ce qui est chouette, nos agendas sont à peu près les mêmes, donc il est naturel qu'on mange ensemble et qu'on passe les jours fériés ensemble. J'ai rencontré sa famille et il connaît la mienne. Nous sommes tous les deux les uniques enfants de parents carriéristes. Les miens sont à New York et gèrent leur propre entreprise, les siens sont à Seattle, dans le transport maritime.

– Et il ne s'est jamais rien passé entre vous ?

– Quoi ? s'exclame-t-elle d'un air confus. Non ! On est collègues et amis.

– Ah ! Alors, il ne t'attire pas, je réponds, simplement pour la pousser à penser à son physique.

– Je n'ai jamais dit ça, répond-elle en fronçant les sourcils.

– Alors, tu le trouves attirant ?

– Keehan est un des plus beaux hommes que je connaisse. Toutes les femmes bavent devant lui quand on entre dans un restaurant. Et... ça ne se voit pas sous ses costumes, mais on va souvent à la salle de sport ensemble et je peux te dire qu'il est hypermusclé.

– Mais toi, tu ne baves pas devant lui, c'est ça ?

– Bon, je veux bien admettre que quand il est torse nu, je bave un peu, dit-elle en riant.

Je fais semblant de rire pour ne pas gâcher le ton amical de la conversation.

– Ah ! Je trouve ça un peu bizarre.

– Quoi ?

– Eh ben, vous êtes tous les deux attirants, vous êtes en étroite collaboration depuis des années et vous passez votre temps libre ensemble... C'est étrange qu'il n'y ait jamais rien eu entre vous.

– Je n'ai jamais dit qu'il n'y avait rien. Ma relation avec Keehan est la plus importante dans ma vie. Il est tout pour moi. C'est le seul homme, en dehors de mon père, en qui je peux avoir confiance et sur qui je peux compter pour me dire la vérité et me respecter. Keehan est toujours dans mon camp, et je suis toujours dans le sien.

– Ah, alors ce sera triste quand tu devras renoncer au temps que tu passes avec lui pour le passer avec ton futur mari.

– Je te demande pardon ? De quoi tu parles ? demande-t-elle en fronçant les sourcils.

– Rochelle, qui que tu choisisses, ton mari ne va pas apprécier que tu sois aussi proche de Keehan. C'est sur ton mari qui tu devras compter en cas de problème. C'est lui qui sera là pour toi le soir, en vacances et en week-end, ou si tu as passé une mauvaise journée. C'est lui qui t'emmènera dîner pour ton anniversaire...

– Mais c'est toujours Keehan qui s'occupe de mes anniversaires ! On a une tradition : chaque année, pour mon anniversaire, on part dans un endroit qu'aucun de nous ne connaît. On y passe le week-end, et on visite tout ce qu'il y a à voir. Et on fait la même chose pour le sien. C'est l'occasion de s'offrir de minuscules vacances et de décompresser. C'est sacré, on fait ça depuis la fac.

– Et tu ne penses pas que ça dérangera ton homme que tu partes en week-end avec ton ami alors qu'il reste seul à la maison ? je demande en haussant un sourcil pour qu'elle comprenne ce que je dis.

Elle secoue la tête et se couvre la bouche. Plusieurs secondes passent sans qu'elle ne dise quoi que ce soit.

– Montre-moi la photo suivante, s'il te plaît, dit-elle sèchement.

– C'est toi la chef, je réponds en réprimant un sourire satisfait.

Mission accomplie.

– Voici Harkin Elba. Il est ingénieur. Il n'a jamais été marié. Ses parents sont décédés. Il a une sœur et un frère dont il est proche...

– Très bien. Suivant, gronde-t-elle.

Elle est si perdue dans ses pensées qu'elle regarde à peine l'écran. J'espère qu'un seul homme les occupe : Keehan Williams.

◆◆◆

– Salut, ma pêche, je réponds en m'asseyant dans le fauteuil de ma chambre d'hôtel. Je suis sur le point de rejoindre Royce pour le dîner, donc je dois faire vite.

Un sanglot retentit au bout du fil et j'en ai la chair de poule.

– Skyler, bébé, qu'est-ce qui se passe ?

Je me lève et regarde autour de moi, perdu, ne sachant pas quoi faire.

– Il... il va montrer au monde entier... commence-t-elle avant de sangloter.

– Skyler, bébé... tu dois arrêter de pleurer pour m'expliquer ce qui se passe. Je veux que tu respires avec moi, d'accord ? Inspire... Expire... je dis en respirant fort, répétant l'exercice plusieurs fois jusqu'à ce que ses pleurs s'apaisent. Maintenant parle-moi. Tu me fais peur. Qui va montrer quoi au monde entier ?

– Johan. Il... Mon Dieu, Parker, c'est un cauchemar...

– Qu'est-ce qu'il y a, ma pêche ? Pourquoi c'est un cauchemar ? Parle-moi.

– Tu vas me détester. Ils vont tous me détester ! s'exclame-t-elle en sanglotant.

– Skyler, arrête de pleurer et explique-moi ! je gronde en espérant que ça l'aide à se ressaisir.

– Johan est mon ex.

– Oui, je sais. Vous êtes restés ensemble presque deux ans. On n'a pas beaucoup parlé de lui, mais je sais que tu tenais à lui et qu'il t'a fait du mal.

– Oui, mais ce n'est rien à côté de ce qu'il s'apprête à faire, siffle-t-elle alors que mon cœur bat la chamade.

– Bébé, qu'est-ce qui se passe ?

– Il a des photos de moi, Parker. Des photos scandaleuses. Et il... il... il dit qu'il va écrire un livre choc et y inclure les photos. Il va les montrer à tout le monde. Et je... je ne suis pas comme ça ! J'ai juste... mon Dieu... j'ai fait ça pour lui ! sanglote-t-elle.

– D'accord, d'accord, ma puce. Je crois que j'ai compris. Il va écrire un livre bidon à propos de votre relation, et il va y mettre des photos que tu veux que personne ne voie ? J'ai bien compris ?

– Oui, répond-elle d'une voix anéantie.

– Qu'y a-t-il sur ses photos ?

– Moi !

– J'ai compris, bébé, mais sois plus précise pour que je comprenne pourquoi tu es dans cet état.

– J'y fais des choses. Je suis dans des positions compromettantes.

Elle respire vite et fort et je regrette de ne pas être avec elle pour la soutenir. À voir sa réaction, j'imagine qu'elle est à poil sur les photos. Je grince des dents et me dirige vers le bar pour me servir un double whisky que je bois cul sec.

– Je suppose que tu es nue sur ces photos ?

– Oui, chéri. Mais c'est pire que ça. Il avait des goûts tordus et il m'obligeait à faire des choses... à mettre des choses.

– C'est-à-dire ? je demande en imaginant le pire.

– Eh bien... sur l'une, je suis attachée à une croix, sur le mur. Et on voit tout. J'avais les yeux bandés et je ne savais même pas qu'il prenait des photos ! s'écrie-t-elle d'une voix furieuse.

– Merde !

– Parker... ne me déteste pas, s'il te plaît.

– Bébé, je ne pourrai jamais te détester. Je ne suis pas né de la dernière pluie. On a tous les deux essayé des choses. Du moment que tu étais consentante, il n'y a pas de problème. Là où il y en a un, c'est qu'il a pris les photos sans que tu le saches.

– Sur une autre photo, j'ai un bâillon dans la bouche et je suis nue avec des pinces à tétons. Encore une fois, j'ai les yeux bandés, mais on sait que c'est moi. Tout le monde le saura.

Les bâillons, ce n'est pas mon truc, mais les pinces à tétons ne me laisseraient pas insensible si ma nana n'était pas en pleine crise et que je n'étais pas prêt à tuer son ex.

– Il dit qu'il va dire au monde entier que je suis une perverse et que j'aimais le fouetter, et qu'il a des cicatrices sur le dos que les maquilleurs doivent cacher pour les shootings. Mais c'est faux ! Je l'ai fait une fois, à sa demande, mais ce n'était pas assez fort pour lui, on s'est disputés et il m'a dit que j'étais une maîtresse affreuse, et... et...

Elle respire encore plus vite et plus fort, je sens qu'elle est à deux doigts de fondre de nouveau en larmes.

– Je sais, bébé, et il se trompe. Tu es la meilleure amante que j'ai connue de toute ma vie. Tu es un super-coup au pieu, bébé, je ne me lasserai jamais de toi. Ne l'écoute pas. Il est dégoûté de ne plus être avec toi et c'est un enfoiré qui aimerait se faire du fric sur ton dos.

– Mais qu'est-ce que je vais faire ? Il va ruiner ma réputation. Il va foutre en l'air ma carrière !

– J'en doute, Skyler, je réponds en secouant la tête. Tu as parlé à Tracey ?

– Non. Je t'ai appelé d'abord.

– Oh, bébé...

C'est moi qu'elle a appelé en premier, c'est vers moi qu'elle se tourne quand elle ne va pas bien. Rien ne pourrait me faire me sentir plus fort et plus viril. Maintenant, je dois trouver un moyen de l'aider. Je rêverais de prendre le premier vol pour retrouver Johan et lui casser la gueule, mais je sais que ça ne ferait qu'aggraver la situation.

Je me sers un autre whisky quand quelqu'un frappe à la porte.

– Sky, écoute-moi... je dis en ouvrant la porte à Royce et en lui faisant signe d'entrer. Je voudrais que tu respires lentement. Va prendre une longue douche bien chaude, et quand tu auras fini, appelle Tracey pour lui expliquer la situation. Ensuite, fais-toi livrer une pizza, sers-toi une bonne vodka et installe-toi devant ce site de streaming que tu aimes bien. C'est Passionflix, c'est ça ?

– Ouais… renifle-t-elle.

– Ça va aller. Répète, ma pêche.

– Ça… ça va aller.

– Bien. Très bien. Maintenant, raccroche et appelle Tracey. Mais rappelle-moi quand tu as plus d'infos et que tu as parlé à Tracey. D'accord ?

– D'accord. Park ?

– Je suis là, ma belle.

– Tu n'as pas changé d'avis sur moi ? Tu sais… parce que j'ai fait ces trucs ?

La pauvre. Je ferme les yeux et passe ma main dans mes cheveux trop longs.

– Non, Skyler, je n'ai pas changé d'avis. Tu es ma nana. Je te kiffe, tu te souviens ? Beaucoup.

– Je te kiffe tellement, répond-elle en sanglotant. Il se pourrait même que je t'aime un peu. Surtout maintenant.

Je souris jusqu'aux oreilles et mon cœur bat la chamade.

– Tu me rediras ça quand je serai face à toi et que je pourrai te tenir dans mes bras… et te faire plein d'autres choses, d'accord ? je dis d'une voix suave en espérant que ça l'apaise.

– Promis ?

– Ma pêche, mon seul regret est de ne pas pouvoir te serrer contre moi. Je te promets que ça va aller. On va trouver une solution, toi, moi et Tracey. On fera ce qu'il faut.

– Je vais faire ce que tu as dit et appeler Tracey après ma douche.

– Et commande une pizza, et allume Passionflix. Tu te souviens, tu m'as dit qu'ils ont adapté un bouquin de ton auteure préférée au cinéma, un roman de Sylvia Day.

– Ouais, mais ce n'est pas la série *Crossfire*.

– Mince. Tu l'as déjà vu ?

– Non, je n'avais pas le temps avec le tournage.

– Alors, fais-toi plaisir.

– D'accord.

– D'accord ? Douche, Tracey, pizza, film. Ok ?
– Ça roule.
– Appelle-moi plus tard.
– Promis.
– En attendant, je pense à toi.
– Moi aussi.

Elle raccroche, et je fais encore patienter Royce, qui est sur le qui-vive. Je suis sûr qu'il a compris que ma nana avait des soucis et qu'il veut les détails. Je parcours mes contacts, trouve Tracey Wilson et lui écris un message.

À : Tracey Wilson
De : Parker Ellis
Après avoir parlé à Skyler, va dormir chez elle, s'il te plaît. Je ne veux pas qu'elle soit seule ce soir.

Elle répond aussitôt.

À : Parker Ellis
De : Tracey Wilson
Qu'est-ce qui se passe ?

Je réponds aussi vite que possible.

À : Tracey Wilson
De : Parker Ellis
Elle te le dira. Va chez elle, ce soir, s'il te plaît. Elle a besoin de sa meilleure amie.

Je me tourne vers la table et sers un whisky à Royce. Mon téléphone sonne alors que je le lui tends.

À : Parker Ellis
De : Tracey Wilson
Compte sur moi.

– Maintenant tu veux bien me dire ce qui arrive à ta nana ? demande Royce en tenant son verre en équilibre sur son genou.

– C'est un véritable cauchemar et ce n'est que le début, je réponds en secouant la tête.

CHAPITRE 5

Le whisky me brûle les lèvres et apaise la colère qui bout dans mes veines. J'explique la situation de Skyler à Royce, qui se crispe peu à peu.

– Ce mec ne paie rien pour attendre... gronde-t-il d'une voix menaçante.

– C'est clair.

– Il faut qu'on sache qui sont ses amis et s'il a des problèmes d'argent. Il y a forcément quelque chose qui le fait paniquer. Il ne s'est pas réveillé un jour en décidant de faire ça à une femme avec qui il n'est plus depuis des années. Il y a forcément une raison, Park.

Je me mords la lèvre et fais les cent pas dans la chambre, réalisant soudain qu'il y a quelqu'un d'autre que Tracey qui peut nous aider. J'attrape mon téléphone et parcours mes contacts.

Cela sonne deux fois avant qu'un homme ne décroche.

– Que nous vaut le plaisir de votre appel à... onze heures du soir, Monsieur Ellis ?

Il me parle d'un ton formel, conscient que je n'appellerais pas aussi tard si ce n'était pas très important.

– Michael, j'ai besoin de parler à Wendy. J'ai besoin de son aide de toute urgence, je réponds fermement pour qu'il comprenne que s'il veut que sa femme garde son travail, il est obligé de me la passer.

Je ne virerais pas Wendy, bien sûr, mais il ne me connaît pas assez bien pour le savoir. Ça ne fait que quelques mois qu'elle travaille avec nous, mais elle fait déjà partie de la famille. Elle est irremplaçable.

– Je vois. Un moment, s'il vous plaît.

Il y a un bruissement de tissu puis, au loin, je l'entends parler.

– Chérie, je t'autorise à mettre ton peignoir le temps de parler à ton patron. Tu comprends ?

– Oui, Monsieur. Merci Monsieur, répond Wendy d'une voix douce que je ne lui connais pas.

Je grince des dents, regrettant d'avoir entendu leur échange, mais non moins intrigué. J'avais déjà deviné leur rapport dominant/soumise avant cet appel, mais j'en ai la confirmation, à présent. Ce sont des pratiques auxquelles je ne connais pas grand-chose. Hélas, si les photos de Skyler sont révélées au public, il se pourrait que je doive bientôt m'y intéresser.

– Parker ? Qu'est-ce qui se passe ? demande Wendy de sa voix joyeuse.

– Wendy, je suis vraiment désolé de te déranger, mais Skyler a des soucis. Johan Karr, son ex, la menace de révéler des photos intimes d'elle et d'écrire un livre choc sur ses préférences sexuelles, qui d'ailleurs ne sont pas celles de Skyler mais les siennes, et j'ai besoin de comprendre pourquoi il fait ça. Ou, du moins, j'ai besoin de trouver quelque chose avec lequel je peux le contrer.

– Mon Dieu, mais quel psychopathe !

Elle crie si fort que je dois éloigner le téléphone de mon oreille.

– Je sais.

– Je vais… euh… en parler à Mick et m'y atteler tout de suite.

– Je veux que tu creuses vraiment profond, Wendy. On doit savoir s'il doit de l'argent à quelqu'un, qui sont ses amis, quels lieux il fréquente, tout. Il menace de ruiner la réputation et la carrière de ma nana et j'ai l'intention de me défendre.

– D'accord, je vais trouver tout ce que je peux, promet-elle aussitôt.

Je me lèche les lèvres et parle moins fort. Je ne veux pas faire prendre de risque à *IG*, mais je suis prêt à tout pour Sky.

– Même si tu dois employer des moyens douteux pour y parvenir… je…

– Parker, on forme une famille. Si l'un de nous souffre, tout le monde souffre. Ça ne fait pas longtemps qu'on se connaît, mais en dehors de Mick, je n'ai que vous. Je n'arrêterai pas tant que je n'aurai pas fouillé le moindre recoin de sa vie.

– Ça roule, Wendy, merci.

– Je t'appelle dès que j'ai quelque chose.

– N'importe quoi, je chuchote.

– Compte sur moi, boss, répond-elle avant de raccrocher.

– T'as bien fait d'appeler Wendy, dit Royce. Si Johan cache quoi que ce soit, elle le trouvera, c'est certain.

Je hoche la tête et je regarde les gratte-ciel par la fenêtre, regrettant de ne pas voir ceux de New York depuis le penthouse de Skyler.

– On va trouver un moyen d'aider ta nana. Laisse Wendy et Tracey faire leur travail. Pour l'instant, on ne peut qu'attendre.

J'acquiesce et tire sur ma cravate pour l'enlever et la jeter en direction de ma valise. Royce me sert un autre verre, prend le téléphone de la chambre et appelle le room service.

– Bonsoir, je voudrais deux steaks, à point, avec des frites et une salade verte, en plus d'une bouteille de whisky. Dans trente minutes ? Parfait.

J'enlève mes chaussures, Royce en fait de même. Il défait sa cravate et les deux premiers boutons de sa chemise, puis il plie sa cravate et la pose sur la table. Il enlève sa veste, la plie en deux et l'étend sur le dossier du fauteuil. Une fois qu'il est à l'aise, il s'assoit sur le canapé, prend la télécommande et zappe jusqu'à trouver le dernier match de base-ball. Je le rejoins, mon téléphone dans une main et mon verre dans l'autre. Nous restons assis en silence mais totalement solidaires, et nous regardons le match en attendant des nouvelles de Skyler ou de Wendy.

◆ ◆ ◆

Deux heures passent sans que j'aie de nouvelles. J'ai écrit à Skyler et je l'ai appelée, mais elle ne répond pas. Toutefois, j'ai eu un message de Tracey qui me disait qu'elle était avec Skyler et qu'elle avait quelques idées pour contre-attaquer.

Il est vingt-deux heures quand le match prend fin et je me mets à faire les cent pas pour me détendre, j'aurais bien besoin d'une distraction. Je me rappelle soudain ce qui s'est passé plus tôt et, comme Royce est là, je n'ai aucune raison de ne pas lui parler de *RFS*.

– Tu veux parler de ce qui s'est passé avec Rochelle ?

– Non, répond-il en secouant fermement la tête.

Je grince des dents et cherche un moyen de le convaincre de se confier. Je sais qu'il est plus que déçu qu'elle l'ait jeté, n'importe qui le serait. Cela dit, peut-être qu'il ne veut pas en parler parce qu'il serait forcé d'admettre que j'avais raison. Or, il doit vider son sac, ne serait-ce que pour tourner la page.

– Frangin... t'as couché avec elle, tu étais sur le point de remettre le couvert, et elle a décrété que vous ne faisiez que vous amuser. Je sais que tu n'es pas du genre à aimer les coups d'un soir, ça t'a forcément vexé. Ne serait-ce qu'un peu.

– Pas vraiment, répond-il en s'efforçant en vain de cacher sa déception. Qui dit que ça ne peut pas devenir sérieux ? Il y avait quelque chose, hier soir. C'était intense et passionnel, j'ai senti que ça pouvait durer, si on nous laissait une chance.

Il est dingue ! Il pense qu'il a encore une chance ?

– Roy, elle n'est pas libre. Je viens de passer trois heures à lui présenter les profils des candidats, et elle hâte d'être à vendredi pour rencontrer ceux qu'elle a retenus lors de la fête qu'on organise.

Il hausse les épaules et recule dans le canapé en posant un pied sur la table basse.

– Je m'en fiche. Il y avait quelque chose...

– Oui ! Du désir sexuel ! Crois-moi, je sais ce que c'est, j'ai connu ça avec Sophie. Et maintenant, c'est une de mes meilleures amies. Mais ce n'est rien, comparé à ce que je ressens pour Skyler. Quand je la vois, c'est comme si des centaines de papillons volaient dans mon ventre, comme dans les livres. Je suis dingue de cette femme.

– Tu es amoureux, dit Royce simplement.

– Oui !

Merde. C'est la première fois que je dis ça à voix haute depuis Kayla.

Je m'appuie sur le dossier du fauteuil et respire calmement.

Je suis amoureux de Skyler.

De Skyler Paige. La femme de mes rêves. Qui est à moi. Tout à moi.

Et elle souffre. Elle affronte ce cauchemar sans moi. On ne peut pas continuer à vivre aussi loin l'un de l'autre. J'ai besoin d'elle. J'ai besoin d'être là pour elle quand elle a des problèmes.

– Il faut qu'on termine cette mission. En attendant, tu ne peux pas te taper la cliente. C'est fini. Je suis sérieux.

C'est la première fois que je donne un tel ordre à un de mes partenaires et je ne me reconnais pas. On a toujours fonctionné par suggestions, par propositions. Jamais par injonctions ni interdictions.

– Je te demande pardon ? Tu ferais mieux de descendre de tes grands chevaux et de réfléchir à ce que tu viens de me dire… partenaire. Je suis ton collègue, mec, pas ton employé. Et je suis ton frère… parce que je l'ai choisi. Je t'interdis de me dire comment me comporter avec une femme qui me plaît. Je ne me mêlerais jamais de tes histoires, moi.

– Roy… je suis désolé mais… cette femme n'est pas pour toi, je dis bêtement, ne sachant pas comment le convaincre.

– Tu crois que parce que tu es amoureux de ta femme, que tu as peut-être trouvé la bonne, tu es devenu expert en amour ? Tu te prends pour le gourou de l'amour ? N'oublie pas que la dernière femme que tu as aimée t'a trompé avec ton meilleur ami. Je suis assez intelligent pour décider avec qui je suis. T'as compris… frangin ?

– Roy, elle a beau avoir couché avec toi, elle est amoureuse de quelqu'un d'autre…

– Tu dis n'importe quoi, rétorque-t-il en levant brusquement la tête.

– Pas du tout.

– De qui, alors ?

– De Keehan.

– Clark Kent ?

– Oui.

– Mais non, pas du tout, répond Royce. Il a le béguin pour elle, sans doute, mais elle n'a pas eu la moindre réaction quand il l'a touchée l'autre jour. Elle a tapoté sa main comme si c'était un bon copain et rien d'autre.

– Sauf que quand je lui ai montré la photo d'un gars qui lui ressemble, elle a tout de suite craqué. Elle n'a jamais envisagé quoi que ce soit entre eux, parce qu'elle veut protéger leur amitié, mais je pense que si on lui fait voir qu'ils sont faits l'un pour l'autre, elle pourrait tenter quelque chose.

Royce se lève et remet ses chaussures.

– Tu te trompes. Rochelle est une femme forte. Elle a besoin d'un homme fort, quelqu'un qui pourra l'épauler.

– Non, justement. Elle a besoin d'un homme sur qui elle pourra compter quand ça ne va pas, mais qui la mettra en valeur et qui ne lui volera pas la vedette. Je sais ce que je dis, Royce, elle veut un homme soumis. Quelqu'un qui vit pour être avec elle et qui n'a pour ambition que de la rendre heureuse. Et c'est justement ce que fait Keehan. Il a consacré toute sa vie à Rochelle. Il faut seulement qu'elle ouvre les yeux et qu'elle voie qu'elle a déjà ce qu'elle désire.

– C'est ridicule. Tu dis ça au hasard et je te préviens... il y a quelque chose entre Chellie et moi, et j'ai l'intention de l'explorer.

– Je suis navré, mais tu te trompes, et la dernière chose que je veux, c'est te voir souffrir.

– Mais bon sang, il va falloir que tu comprennes que je sais ce qui est bien pour moi, rétorque-t-il en me fusillant du regard.

– C'est impossible, parce que je sais qu'elle n'est pas pour toi, justement. Je vais continuer à lui chercher un partenaire, et ce ne sera pas toi, mec.

– Eh bien, je suppose qu'on doit accepter d'être en désaccord. Que le meilleur gagne, crache-t-il.

Je lève les mains et les laisse retomber sur mes cuisses.

– Ce n'est pas un jeu ! je m'exclame au moment où il sort dans le couloir.

– Non, en effet. C'est ma vie. Alors ne t'en mêle pas ! grogne-t-il avant de disparaître dans sa chambre.

– Eh merde ! je grommelle alors que mon téléphone vibre sur la table basse.

Je me dépêche de le prendre et vois « Ma pêche » affiché sur l'écran.

– Sky ?

– Non, c'est Tracey, dit sa meilleure amie.

– Où est Sky ? je demande d'une voix paniquée.

Entre ma dispute avec Royce et les problèmes de ma nana, je n'arrive pas à rester calme.

– Elle dort. Je n'ai plus de batterie, après tous les coups de fil que j'ai passés.

– Est-ce qu'elle va bien ?

Je me masse les tempes et ferme fort les yeux en essayant de contrôler ma rage. Je regrette de ne pas être avec elle pour la tenir dans mes bras et lui dire que tout ira bien.

– Non. Johan est sérieux. Son avocat m'a déjà appelée avec une offre.

– Une offre ? Comme dans une transaction normale ? Il veut combien ?

– Cinquante millions de dollars, et on n'entend plus parler de lui.

Il veut cinquante millions de dollars !

– Bon sang, elle ne va pas payer, si ? Est-ce qu'elle a autant d'argent, d'ailleurs ?

– Parker, c'est l'actrice la mieux payée d'Hollywood et elle l'est depuis plusieurs années. Bien sûr qu'elle a l'argent. Son dernier film lui a rapporté ça à lui tout seul.

Je me sens soudain très lourd et je me laisse tomber dans le fauteuil le plus proche.

– Ah ! je dis bêtement, réalisant soudain à quel point ma copine est riche.

– L'avocat est en train de rédiger un contrat et on va fixer un rendez-vous pour la semaine prochaine.

– Elle va revoir cet enfoiré ?

– Ça fait partie du contrat. C'est Sky qui l'a voulu, elle veut le regarder dans les yeux.

Je me passe la main dans les cheveux et tire dessus.

– C'est n'importe quoi, Tracey. Tu n'as pas une autre solution ?

– Je ne crois pas, soupire-t-elle. Les photos sont vraies, Sky l'a confirmé. Et elles sont à lui, donc il peut en faire ce qu'il veut.

– Mais elle n'était pas d'accord pour qu'il les prenne ! je m'écrie en frappant la table.

– Elle était d'accord pour être bâillonnée, ligotée et pour qu'il lui bande les yeux. Maintenant que les photos pourraient la ruiner, elle dit qu'il les a prises contre son gré. C'est sa parole contre la sienne. Mieux vaut que ça ne finisse pas devant un juge ou dans les journaux. Si elle le paie, on récupérera les photos.

– Et le bouquin ?

– Je ne sais pas. Pour l'instant, ils ne négocient que pour les photos. Il refuse de signer un accord de confidentialité intégral. Il va peut-être falloir qu'on lui offre plus d'argent pour le faire taire.

Je ferme les yeux en essayant d'encaisser ce qu'elle vient de dire. J'ai la nausée, mais surtout, je fais un effort surhumain pour ne pas tout casser dans ma chambre d'hôtel.

J'ai envie de lui faire mal.

J'ai envie de le défigurer pour qu'il ne pose plus jamais pour une photo.

Je veux qu'il meure.

Je n'ai jamais souhaité la mort de quelqu'un auparavant. Je n'ai jamais haï quelqu'un au point de le vouloir mort. Même Kayla. Le pire que j'ai pu lui souhaiter, c'est qu'elle attrape une MST.

Si seulement Johan Karr pouvait disparaître pour de bon, pour qu'il ne refasse plus jamais de mal à la femme que j'aime ni à qui que ce soit.

Les larmes qu'elle a versées pour lui étaient déjà une torture pour moi. Et maintenant, j'apprends qu'elle va donner cinquante millions de dollars à cet enfoiré ? Ce n'est pas normal. Le monde ne peut pas être aussi injuste.

– Parker... Parker, tu es là ? Tu m'as entendue ?

Je cligne des yeux pour oublier l'image de Johan menotté et vêtu d'une combinaison orange, enfermé dans une cellule. Si seulement...

– Ouais, ouais, je suis là.

– Je te disais que je vais lui dire de t'appeler demain, mais je reste avec elle, ne t'en fais pas. Je ne vais pas la quitter des yeux.

– Merci, Tracey. Tu es une bonne amie.

– Après tout ce qui s'est passé... j'essaie. Elle mérite d'être heureuse, et elle a changé depuis qu'elle est avec toi. Elle est différente. Elle est plus légère et plus optimiste, surtout quand elle parle de toi. Je ne l'avais pas vue comme ça depuis la mort de ses parents, et c'est grâce à toi.

– Oui, eh bien, elle m'a ouvert les yeux à moi aussi.

À l'amour, en particulier. Mais je ne vais pas l'avouer à Tracey avant d'en avoir parlé à Skyler.

– Prends soin d'elle.

– Promis. Tu prévois de rentrer quand ? Je sais qu'elle a parlé d'un match de base-ball. Elle était toute contente d'y aller avec toi. Ça lui ferait oublier toute cette histoire, ne serait-ce que quelques heures.

Je souris en nous imaginant manger des hot dogs, crier en direction des arbitres et s'embrasser pour la caméra.

– Je ne sais pas, dans quelques jours, j'espère. Mais si Sky a besoin de moi, je peux rentrer et laisser Roy finir la mission.

En temps normal, je ne mentirais pas en disant cela. Mais cette fois, si je partais, il faudrait que j'appelle Bo, car Royce a complètement perdu la tête et il refuse de voir la réalité en face.

– D'accord. Bon, il est deux heures du matin, ici. Il faut que je dorme si je veux pouvoir aider Sky demain matin.

– Encore merci, Tracey.

– Parker, ne le prends pas mal, mais Sky était à moi avant d'être à toi. Et d'une certaine façon, elle sera toujours un peu à moi.

– Je sais que vous formez une famille, Tracey. Et je sais que tu te sens responsable de ne pas avoir été là pour elle quand elle ne voulait plus être actrice, et que tu t'en veux de l'avoir poussée à bout. Je crois que ça t'a aidée à comprendre ce qui était le plus important, et ça t'a rendue plus forte. Et puis, sans ça, je n'aurais jamais rencontré l'amour de ma vie.

– Je le savais ! s'exclame Tracey. Tu es amoureux de ma meilleure amie.

– Je ne répondrai rien, parce que la première fois que je le lui dirai, ce ne sera pas par ton intermédiaire.

– J'ai compris. Motus et bouche cousue. Mais... Parker ?

– Oui ?

– Si tu lui fais du mal, je serai forcée de te tuer. Elle a beaucoup trop souffert à cause de gens qui disaient l'aimer, et elle est sur le point d'affronter une nouvelle bataille. Elle ne survivrait pas d'être blessée par toi. Surtout maintenant.

Je ferme les yeux et respire calmement avant de répondre.

– Je sais, et je n'ai pas l'intention de la faire souffrir. Dis-lui de m'appeler demain matin, d'accord ?

– Promis. Bonne nuit.

– Bonne nuit, Tracey.

Cette journée atroce est enfin finie et je me déshabille avant de me laisser tomber dans le lit. J'espère que Wendy pourra nous en dire davantage sur ce que manigance ce Johan. Il y a forcément une raison pour qu'il s'en prenne à son ex pour une telle somme. Ça n'a aucun sens de la laisser tranquille aussi longtemps et de la menacer du jour au lendemain. Pourquoi attendre deux ans ? Ç'aurait été plus logique de le faire quand les médias s'intéressaient encore à leur couple.

On ne s'en prend pas à quelqu'un de son passé à moins d'être acculé au pied du mur.

Alors, qui l'y pousse, et avec quoi le menace-t-on ?

CHAPITRE 6

À : Ma pêche
De : Parker Ellis
Ça va ? Appelle-moi quand tu peux.

Je relis mon message en retenant mon souffle. J'ai déjà essayé de l'appeler, sans succès. Elle est sans doute partie sur le plateau dès qu'elle s'est réveillée. Je sais qu'ils ont bientôt fini de tourner et que la réalisatrice voulait refilmer le plus de scènes possible avec le temps qui lui reste, mais ça ne suffit pas à me rassurer.

Ma gorge se noue alors que je passe la porte du siège de *RFS*. Je rêverais de prendre le premier vol pour New York, mais j'ai encore du travail ici. Je suis passé par la chambre de Royce avant de quitter l'hôtel, mais il n'y était pas, j'imagine qu'il est déjà avec Rochelle.

Mon téléphone vibre dans ma poche au moment où je me dirige vers le bureau de ma cliente.

Je m'arrête et souris en voyant le nom s'afficher à l'écran. Je ne sais pas comment ni quand elle l'a fait, mais Wendy a pris mon téléphone et elle a changé son nom dans mon répertoire. Je lui en suis reconnaissant, car mon sourire allège un peu l'angoisse qui noue mes entrailles depuis que Skyler m'a appelé.

De : La meilleure assistante au monde
À : Parker Ellis
J'ai passé la nuit à fouiner. J'aurai plus d'infos ce soir. Beaucoup plus. Johan a été très vilain.

Je lis et relis le message de Wendy. *Très vilain*. Ça pourrait vouloir dire n'importe quoi, mais connaissant Wendy, j'en déduis que Johan Karr a de lourds secrets et qu'elle est en train de les dénicher. Je souris, conscient que les trouvailles de mon assistante pourraient éviter à Skyler de verser le moindre centime à cet enfoiré. Je croise les doigts.

Je passe la porte du bureau de Rochelle et la trouve en train de rire aux éclats avec Royce, qui semble particulièrement fier de lui.

Il hoche la tête dans ma direction pour me saluer. Il ne laisse rien transparaître de notre dispute d'hier soir, mais je sais que rien n'est résolu. Or, la dernière chose que je souhaite, c'est qu'il y ait des tensions entre mes amis et moi, surtout pour une femme. Il faut que je trouve un moyen de réparer ce que j'ai cassé.

– Bonjour, Monsieur Ellis.

– Bonjour, Mademoiselle Renner... Royce... Vous avez bien dormi ?

– Pas aussi bien que si quelqu'un n'avait pas refusé de dîner avec moi...

Je regarde Royce. Il a refusé de passer du temps avec elle, hier soir ?

– Oui eh bien, ma famille avait besoin de moi. Et même si j'aurais adoré dîner avec toi... quand la famille m'appelle, je réponds présent.

Sa remarque a l'effet escompté et je me sens encore plus coupable.

– C'est dommage. On aurait pu s'amuser encore un peu avant que je ne passe à l'attaque sur les merveilleux spécimens que Parker est sur le point de me remontrer, répond Rochelle.

Le regard de Royce s'assombrit, mais il cligne des yeux et reprend un air professionnel. Je meurs d'envie de lui répondre, mais comme Royce me l'a rappelé hier soir, ça ne me regarde pas. Il m'a clairement fait comprendre qu'il fallait que j'arrête de me mêler de son histoire.

– On ne peut pas toujours s'amuser, n'est-ce pas ? répond Royce d'une voix agacée. À ce propos, j'ai travaillé avec Keehan pour réduire la liste des coupables potentiels. En revanche, j'en ai ajouté un qui risque de ne pas te plaire. Mais tu ne peux pas ne pas l'envisager...

Je suis fier de voir qu'il ne cède pas au charme de Rochelle. Mais je suis curieux et j'avance vers lui pour voir le nom qu'il a ajouté, car j'ai vu la liste quand je l'ai fait passer à Wendy.

Je vois Rochelle se crisper et elle se redresse brusquement en reculant son fauteuil du bureau.

– C'est impossible, gronde-t-elle.

Je regarde l'écriture et reconnais celle de Royce. Bon sang ! Je fais un effort surhumain pour rester calme, mais il la pousse dans ses retranchements, et ce n'est pas cool.

Je lève la tête vers le plafond et ferme les yeux. Merde. Ça va mal finir, et je me demande si Royce n'agit pas de cette façon pour sortir Keehan de la compétition. Ce qu'il ne sait pas, c'est que Keehan a insisté lui-même pour être envisagé comme coupable potentiel.

Je secoue la tête. J'ai du mal à encaisser que Royce puisse céder à ce point à son désir. Keehan Williams est amoureux de Rochelle ; il serait parfaitement incapable de voler la femme à qui il est dévoué depuis aussi longtemps. Le problème, c'est que Royce est aveuglé par son rêve d'avoir une famille.

– Frangin... je chuchote sèchement.

– Il faut bien que quelqu'un le dise. Il y a un homme ici, dans cette entreprise, qui a accès à absolument tout et qui sait comment cacher ses empreintes, répond Royce d'une voix qui me semble un peu trop joyeuse.

– Ce n'est pas possible, gronde Rochelle en secouant la tête.

– Chellie, c'est très possible, insiste Royce.

Elle continue de reculer son fauteuil, puis elle se lève et se poste face à nous, bras croisés.

– Non. Justement.

– Ce n'est pas parce que vous êtes amis qu'il ne peut pas te faire du mal, répond Royce alors que son visage s'adoucit. Il saurait comment faire, Chellie... J'ai déjà vu ça. Trop de fois, d'ailleurs.

– C'est lui qui me l'a fait savoir ! rétorque Rochelle. Pourquoi il ferait ça s'il me volait de l'argent ?

Je suis sur le point de répondre qu'elle marque un point quand Royce appuie ses mains sur le bureau.

– Pour brouiller les pistes.

– Non, ça suffit, siffle Rochelle en levant la main, paume tournée vers Royce. Je refuse d'entendre que Keehan pourrait me voler. Ce n'est tout simplement pas possible.

– Non, en effet. Je ne te ferais jamais de mal, ni à toi ni à ce qu'on a construit ensemble, intervient Keehan depuis la porte du bureau.

Tu arrives pile à temps, Keehan.

Royce se redresse et met ses mains dans ses poches.

– Il fallait que quelqu'un le dise. Ne le prends pas mal, frangin, mais on doit s'assurer qu'elle a toutes les infos, répond Royce froidement.

Keehan n'est pas disposé à se laisser faire.

– Je ne suis pas ton *frangin*, gronde-t-il. Je suis l'employé le plus ancien de ta cliente, et son meilleur ami.

Si tu faisais ton travail, tu aurais déjà épluché mes comptes en banque, dont j'ai donné les relevés à ton collègue hier.

Bon sang, la situation est en train de se détériorer sacrément vite.

– Park ? demande Royce en me regardant.

– C'est vrai, Keehan m'a parlé de ses inquiétudes et j'ai demandé à Wendy d'enquêter sur les finances de tous les employés de ta liste. Il m'a demandé d'inclure son nom, par prudence. Wendy m'a envoyé les résultats hier soir avant que je ne l'appelle à propos de l'autre affaire.

– J'aurais aimé que tu m'en parles, répond Royce sur un ton accusateur.

– Je pensais le faire ce matin. Je vous ai, à tous les trois, transféré le mail de Wendy il y a environ une heure. Comme tu le sais, j'étais occupé, hier soir.

– Et qu'avez-vous trouvé ? demande Royce.

– Personne de la liste n'a de fluctuation sur ses comptes bancaires ni dans ses portefeuilles d'investissement, répond Keehan en lui tendant les documents.

– C'est vrai, acquiesce mon collègue après les avoir étudiés. Tous les employés de la liste semblent honnêtes.

– C'est un soulagement, soupire Rochelle. Ce sont tous des employés avec qui je travaille depuis longtemps. Chacun a intérêt à ce que l'entreprise se porte bien puisqu'ils ont des parts du capital. Toutefois, ça ne nous avance pas beaucoup pour savoir qui est le coupable.

– À ce stade, il va falloir enquêter sur tous les employés de la boîte, et ça va prendre du temps, dit Royce en prenant son téléphone. Wendy ? Ouais, j'ai eu les infos sur *RFS*. Hélas, on va devoir élargir les recherches à l'ensemble des employés. Je sais que ça prendra du temps, dit-il en hochant la tête. Envoie les résultats au fur et à mesure, ok ?

Je retiens brusquement mon souffle en réalisant que si Wendy travaille pour notre cliente, elle ne va plus pouvoir fouiner sur Johan.

Royce me regarde du coin de l'œil et réagit aussitôt, adoptant un ton plus ferme.

– Est-ce que tu as... fini l'autre truc ? D'accord, je vais le lui dire. Occupe-toi de *RFS*, d'accord ?

Royce raccroche et range son téléphone dans sa poche.

– Elle va enquêter sur les finances des autres employés. Elle a dit que ça prendra sans doute deux jours.

– Alors, nous voilà de retour à la case départ, soupire Rochelle.

– Je le crains, oui, répond Royce avant de tourner la tête vers moi. Parker, j'ai besoin de te parler... en privé, dit-il en désignant la porte.

Rochelle et Keehan froncent les sourcils.

– On revient tout de suite, je leur dis en souriant.

– En attendant, je vais appeler les RH pour leur demander de vous envoyer la liste des employés, puisqu'Helen n'est pas là.

– Merci, Chellie, sourit Royce.

Rochelle hoche froidement la tête et Keehan fusille Royce du regard. Apparemment, ni lui ni Rochelle n'apprécient que Royce l'ait accusé, surtout après qu'il m'a lui-même confié ses relevés de compte.

Royce n'avait pas de mauvaise intention quand il a ajouté Keehan à la liste. Toutefois, je l'aurais soutenu même s'il l'avait fait par jalousie. Il n'a pas eu tort d'envisager Keehan comme coupable, c'est d'ailleurs pour cela que l'ami de Rochelle m'a demandé d'enquêter sur lui aussi. Néanmoins, Roy aurait pu faire preuve d'un peu plus de tact.

En fin de compte, le problème, c'est que son désir pour Rochelle entrave notre travail. J'ai déjà été à sa place, une belle blonde est là pour le prouver. Or, dans mon cas, que ce soit avec Skyler ou Sophie, notre mission n'en a pas pâti.

Royce passe la porte du bureau de Rochelle et fait quelques pas dans le couloir, pour plus d'intimité.

– Wendy a dit qu'elle avait les infos sur Johan et qu'elle te les envoyait par mail. Je voulais m'assurer que tu aurais le temps de les lire. Si tu veux, on peut prendre deux ou trois heures pour les compulser et réfléchir ensemble...

– Frérot, il faut que l'un de nous s'occupe du client, mais ça me touche que tu sois prêt à tout laisser tomber pour moi et pour Skyler. Ça veut dire que tu ne m'en veux pas pour hier soir...

– Quoi ? s'exclame-t-il. Tu ne vas pas t'en tirer aussi facilement, gronde-t-il en enfonçant son index entre mes pecs. Tu as dit des choses qui étaient complètement déplacées...

Je secoue la tête et regarde autour de nous, repérant une salle de réunion vide au bout du couloir.

– Tu plaisantes, mec. Royce, tu es à côté de la plaque !

– Ah, alors toi, tu peux coucher avec deux clientes et tomber amoureux de l'une d'elles, mais pas moi ?

– Il ne s'agit pas de moi ! je m'exclame.

– Bien sûr que si ! Quoi qu'il se passe entre Rochelle et moi, je dois pouvoir explorer notre relation comme bon me semble, sans me soucier qu'un de mes frères me mette des bâtons d ans les roues.

– Tu t'attends à quoi ? je demande en me passant la main dans les cheveux. Tu crois que je vais partir et te laisser faire ? Te laisser séduire la cliente qui nous a engagés pour lui trouver un mari ? Tu veux ce rôle, Roy ? Tu as toujours l'intention de traverser le pays pour être avec elle ?

Je vois Royce contracter la mâchoire et il me lance un regard noir. Je continue, conscient que je prends de gros risques.

– Tu vas abandonner ta mère et tes trois sœurs à Boston ? Les laisser seules ?

– C'est à moi d'en décider, pas à toi, rétorque-t-il froidement.

– Tu vas laisser tomber *IG* ?

Il me suffit de l'imaginer pour paniquer, être terrorisé au point de vouloir empoigner Royce par la peau du cou et prendre le premier vol pour Boston, laissant Rochelle et son mélodrame derrière nous.

– Je pourrais ouvrir un bureau sur la côte Ouest, si je voulais. Ce ne serait pas une mauvaise idée... dit-il d'un air menaçant.

Ma gorge se resserre et je peine à respirer. Je ne supporterais pas de ne pas voir Roy tous les jours.

– Tu serais prêt à nous quitter ? Tes frères, alors qu'on commence enfin à avoir du succès ?

Il ferme les yeux et fait un pas en arrière en se frottant le crâne.

– Non, bien sûr que non. Rien de tout ça ne va arriver. Je ne pourrais jamais laisser ma mère et mes sœurs. Je ne pourrais pas laisser tout ce que j'ai construit pour une femme que je viens de rencontrer, à moins que ce soit sérieux et qu'on parle de mariage et d'enfants. Et bien évidemment, je ne pourrais jamais laisser mes frères de cœur !

– Dieu merci. Alors, pourquoi on s'engueule ?

Je mets mes mains dans mes poches et regarde mes pieds.

– Parce que c'est à moi de choisir, Park. Tu te mets en travers de mon chemin. Tu as dit des choses que tu n'aurais jamais dû dire.

– Parce que la situation est claire pour moi, je réponds en désignant le bureau de Rochelle. Cette femme ne veut pas d'une vie tranquille avec des dîners de famille. Elle est belle et intelligente, avec un corps de rêve, mais elle n'est pas pour toi, mec. Tu mérites d'avoir tout ce dont tu rêves, une femme qui soit vraiment dingue de toi.

– Park... gronde Roy.

– Attends, laisse-moi finir. Rochelle est géniale, mais elle n'est pas faite pour toi. Elle est faite pour un mec comme Keehan, un homme qui la vénère déjà. Il faut juste qu'elle voie ce qui est sous son nez. Il correspond à tous ses critères, il vit pour elle. Et maintenant, c'est mon travail, notre travail, de les aider à se trouver. Tu nous mets des bâtons dans les roues, avec ta beau-gossitude en chocolat. La femme de ta vie arrivera tôt ou tard et, ce jour-là, je serai son plus grand fan. Mais ce n'est pas aujourd'hui. Peut-être pas demain non plus, mais bientôt. Crois-moi. Tu n'es pas fait pour être seul, mais tu n'es pas fait pour être avec Rochelle non plus.

J'arrête mon monologue et prends quelques secondes pour respirer.

– Mec, tu as dit ma *beau-gossitude en chocolat* ?

– Désolé, je crois que le jargon de Skyler déteint sur moi, je réponds en grimaçant.

Royce sourit et me frappe dans le dos avant de m'attirer contre lui.

– Je t'aime, mec. J'aime que tu te fasses du souci pour moi. Mais je n'aime pas que tu me dises quoi faire.

– Je ne pouvais pas rester les bras croisés à te regarder faire une connerie. J'aurais fait la même chose pour Bo ou pour mon frère Paul. Je ne supporte pas de ne rien faire alors que je peux aider.

Roy recule, met ses mains sur mes épaules et se baisse pour me regarder dans les yeux.

– Je comprends, mais il faut que tu me comprennes, toi aussi. Quand je voudrai ton avis, quand j'aurai besoin de ton avis, je te le demanderai. T'as peut-être raison, cette fois, mais ça ne change rien.

Je hoche la tête et m'imprègne de ses paroles. J'ai eu de la chance, mais à l'avenir il va falloir que je fasse attention à ne pas me mêler des affaires de cœur de Royce. C'est un sujet sensible, je me demande s'il n'est pas pressé de trouver la femme de sa vie parce que je suis avec Skyler. Quoi qu'il en soit, je dois respecter ses choix.

– Je suis désolé d'avoir insisté pour Rochelle, frangin...

– Non, t'avais raison... pour cette fois. En dehors du physique, notre relation ne l'intéresse pas. Peut-être que c'est parce qu'elle est amoureuse de Keehan, on verra. Tu as eu tort d'insister autant, surtout parce que tu as fait précisément ce que tu me reproches. Mais...

Il secoue la tête et soupire.

– ... je n'ai pas l'habitude que mes décisions soient remises en question, surtout par toi. On se soutient les uns les autres, c'est comme ça qu'on fonctionne. T'as franchi la ligne, mec.

Je ferme les yeux, inquiet qu'on soit en froid. Entre ça et tout le souci que je me fais pour Sky, j'ai l'impression que tout s'effondre autour de moi.

Jusqu'à ce que Roy me rassure.

– Park, j'accepte tes excuses. On peut tourner la page et au moins, maintenant, on connaît la ligne à ne pas franchir. On fait une trêve ? demande-t-il en tendant le poing vers moi.

– On fait une trêve, je réponds en frappant son poing, soudain beaucoup plus calme. Maintenant, est-ce que tu vas m'aider à caser Rochelle avec Keehan ?

– Mec, je viens juste de décider que je me retirais de la compétition et tu veux la caser avec le geek ?

– Bien sûr ! je réponds en souriant jusqu'aux oreilles. Il faut que je t'explique le plan que j'ai mis au point pendant que tu la draguais en dépit de mes mises en garde.

– Eh, fais gaffe, gronde Royce, sans pour autant le nier.

Je passe les dix minutes suivantes à lui expliquer ce que j'ai prévu et il m'écoute en silence, tout sourires.

– Ça me plaît. C'est fourbe, admet-il.

– Tu veux bien te charger de la prochaine étape pendant que je rentre à l'hôtel pour lire les infos que Wendy a trouvées sur Johan ?

– Tu peux compter sur moi.

– Je sais, je réponds en souriant.

Royce lève le poing, que je frappe avec le mien.

– Allez, va-t'en. Va te venger de cet enfoiré sans qu'il puisse porter plainte. Cela dit, si jamais il est à Boston, dans une ruelle sombre...

– Ah ah, attends, il est hors de question que tu prévoies ce genre de chose sans moi. Je serais dégoûté de ne pas participer.

– On verra. Étudie tout ça et appelle ta nana pour décider du meilleur moyen de ruiner ce type sans que ça ne coûte un centime à Skyler.

– Ça roule, je dis en allant à la porte, où je m'arrête. Royce ?

– Ouais ? répond-il en ajustant sa cravate.

– Merci, mec, je déclare alors que mon angoisse commence enfin à s'effacer.

– De rien. Et merci à toi, frangin.

Je sors de la salle de réunion en attrapant mon téléphone pour appeler Wendy.

– Boss, dit-elle en décrochant.

– Dis-moi tout, Wendy.

CHAPITRE 7

Mon Dieu, Johan Karr est un énorme enfoiré. Plus j'avance dans ma lecture, plus je suis écœuré et furieux.

– Comment se fait-il que rien n'ait fuité dans la presse ? je demande à Wendy, avec qui je parle via FaceTime.

Ses cheveux rouges sont coiffés en arrière sur le côté, avec une frange sixties, et ses lèvres rouges font ressortir sa peau pâle et ses yeux bleus.

– Je ne sais pas, boss. Je suis surprise, moi aussi. Bien évidemment, je n'aurai aucun problème à y remédier, dit-elle en souriant.

– Pas tout de suite. On doit trouver le meilleur moyen de l'aborder. Le but n'est pas de le ruiner, même si avec un passé comme le sien, je rêve de le livrer en pâture aux paparazzis. Ma priorité est Skyler.

Wendy hoche la tête et tapote sa lèvre pendant que je lis un autre document à voix haute.

– Il a été arrêté plusieurs fois pour conduite en état d'ivresse, il est allé quatre fois en centre de détention pour mineurs... Bon sang, Johan n'était guère mieux quand il était enfant. À part les deux plaintes contre lui pour agression sexuelle, celles que sa famille a réglées à l'amiable, tu en as trouvé d'autres ?

– Non, il n'y a que ces deux-là. Sa famille a versé une grosse somme aux jeunes femmes, et les plaintes ont été retirées. J'ai vraiment dû creuser pour trouver la moindre chose sur lui avant qu'il ne quitte la fac et devienne mannequin. En revanche, il y a plein d'articles sur lui et Sky.

Je grince des dents, regrettant que ma nana ait été liée à cet enfoiré.

– Je préfère ne pas y penser, je dis en grimaçant.

– Regarde ses relevés de compte, dit Wendy en souriant. Il est méchamment dans le pétrin. Apparemment, il a investi la plupart de son fric dans une entreprise qui a coulé il y a quelques mois. Ses comptes sont presque vides. Et vu comment il fait la fête un peu partout en Europe, et tout ce qu'il sniffe, je n'ai pas été surprise de découvrir qu'il était endetté auprès d'usuriers pas très commodes. Pour des centaines de milliers de dollars. Sans oublier toutes les cartes de crédit qu'il doit rembourser. Il a besoin d'argent, et vite.

– Et ses parents ? Ils l'ont aidé, par le passé. Ils ont forcément fait sceller son casier judiciaire, sinon ça fait longtemps qu'il aurait fait la une des tabloïds.

– Ouais, mais rien n'indique qu'ils sont restés en contact, après ça. Apparemment, les Karr ont fait une croix sur lui. Ça fait cinq ans qu'il n'y a pas eu d'appels entre eux, de messages ni rien sur les réseaux sociaux.

– On ne peut pas leur en vouloir. Ils ont dû finir par comprendre qu'en le tirant d'affaire à chaque fois, ils encourageaient son comportement. Quand on ne subit pas les conséquences de nos actions, on a tendance à les répéter, et l'attitude de Johan ne fait qu'empirer, apparemment.

Wendy hoche la tête tout en lisant quelque chose sur son ordinateur et en tapant sur son clavier.

– Tu crois que les deux agressions suffiront à tirer Skyler d'affaire ?

– Tu veux dire si on révèle les noms des femmes et ce qu'il leur a fait… commence-t-elle d'une voix inquiète.

– Bien sûr que non, je ne pourrais jamais faire ça ! Ces femmes sont des survivantes. On ne peut pas déterrer leur passé, même pour faire du mal à Johan et protéger Skyler. Ce serait mal.

Wendy sourit et m'adresse un regard empli de fierté, comme si elle était soulagée que je ne risque pas la vie d'une femme pour sauver la mienne.

– Ce serait mal, en effet. Toutefois, le dernier document contient quelque chose d'affreux. Je crois que c'est la carte à jouer. C'est tellement atroce que ça va forcément libérer Skyler des griffes de ce type. Il serait détruit si la presse apprenait ce qu'il a fait. Sa carrière serait foutue.

Je fronce les sourcils et ouvre le dernier document.

– Qu'est-ce que c'est ?

– C'est un constat privé. J'ai dû faire appel à des contacts personnels, et Michael a dû promettre des faveurs pour l'obtenir. Cette fois, c'est très sérieux, Parker.

– Wendy… je suis désolé. Je ne t'aurais pas demandé de m'aider si je savais que tu allais devoir impliquer Michael.

– T'en fais pas. Tu tiens à Skyler, et moi aussi. Je sens qu'on va devenir meilleures amies. Je ne veux pas qu'on fasse de mal à ma nouvelle famille. On doit se serrer les coudes, n'est-ce pas ?

– Oui, Wendy, en effet. Merci.

– Y a pas de quoi. Michael sera ravi de me faire rembourser ma dette, dit-elle avec un clin d'œil. Et, tu sais, il est peut-être arrogant et ronchon avec vous, mais il m'aime à la folie. Il veut que j'aie une famille, des gens sur qui compter, parce que je n'en ai jamais eu. En l'épousant, et en travaillant ici, j'ai tout ce dont j'ai toujours rêvé. Je veux aider Skyler, et il veut aider pour me rendre heureuse.

Les paroles de Wendy me vont droit au cœur. C'est une femme honnête et franche. Si mes parents m'avaient donné une petite sœur, j'aurais aimé qu'elle soit comme Wendy.

Avant que j'aie pu répondre, elle se met à parler à voix basse dans le téléphone.

– Apparemment, Johan était membre d'un club privé où l'on pratique la torture sexuelle. Ce serait un déshonneur de dire que c'est un club BDSM, car ce qu'ils y font ne fait pas partie de ce style de vie et que tout n'est pas consenti. Ce club a des pratiques perverses et sadiques, je parle de saignées, de zoophilie, de brûlures, de marquage au fer rouge, de flagellation et de choses pires encore.

– Bon sang, Wendy.

De la zoophilie ?

Du marquage au fer rouge ?

C'est quoi ce bordel ?

– Et Johan en était membre ?

– Oui. Il faisait un virement de cent mille dollars par mois vers un compte planqué derrière des sociétés écran, mais que j'ai fini par tracer. Apparemment, un soir, il y a six mois, Johan et deux autres femmes ont eu un terrible accident.

– Un accident ? je demande, et mon corps se couvre de chair de poule.

– Une des femmes est morte, et l'autre est tellement marquée qu'elle voit un psy deux fois par semaine.

– Qu'est-ce qui s'est passé ?

Wendy grince des dents et respire lentement. Je la vois faire un effort surhumain pour se détacher de ce qu'elle doit raconter.

– D'après les rapports de police, Johan et les deux femmes étaient défoncés au point qu'elles ont accepté qu'il les ligote dos à dos à une croix de Saint-André pivotante. En général, ces croix sont utilisées pour que deux maîtres de torture puissent avoir accès à leurs soumis en même temps, ou qu'ils puissent échanger de soumis ou leur donner le tournis, ce genre de chose.

– D'accord... je te suis...

Je vois Skyler, les yeux bandés, ligotée à une de ces croix, et je frissonne.

– Eh bien, Johan a bâillonné l'une d'entre elles avec son boxer et il lui a bandé les yeux. D'habitude, quand on bâillonne, le soumis a un signal à donner, quelque chose qu'il tient dans sa main et qu'il peut faire tomber pour faire du bruit et informer le maître qu'il est en détresse. Or, Johan et ses amies étaient trop défoncés pour mettre en place ces précautions.

Elle reprend son souffle et je devine à son expression que l'histoire est dure à raconter.

– Ça va aller, Wendy. Respire un bon coup et termine quand tu es prête.

Elle hoche la tête et se met à parler à toute vitesse.

– Pendant qu'il s'amusait avec l'une des soumises, l'autre avait la nausée à force de pivoter et à cause de la coke, et il n'a pas vu qu'elle vomissait derrière son bâillon. Elle a fini par s'étouffer et quand il l'a enfin débâillonnée, c'était trop tard.

– Mon Dieu, je siffle, et mes mains deviennent moites.

– Ouais. Ça n'aurait pas dû arriver.

– Mais comment n'est-il pas en prison ?

Wendy hausse les épaules.

– La nana avait accepté de prendre le risque de mourir en s'inscrivant dans ce club. C'est écrit dans le contrat. Et puis, on voit dans les vidéos qu'il n'avait pas l'intention de la tuer. Le club a payé sa famille et fait appel aux juges qui en sont membres. Ils ont viré Johan et ils ont planqué l'histoire sous le tapis. Il faut que je t'avoue que si cette histoire finit dans la presse, je devrai intégrer un programme de protection des témoins. Les propriétaires du club sont connus pour être dangereux et Michael et moi ne voulons rien à voir avec eux.

– Bon sang, mais c'est dingue. Ce type est répugnant, et il a décidé de s'en prendre à Sky !

Je frappe du poing sur la table.

– Eh bien, je suis sûre que si tu le menaces avec cette info, il laissera tout de suite tomber. Il a utilisé tous les contacts qu'il avait pour se tirer de cette affaire. C'est sans doute pour ça qu'il s'attaque à Skyler. Il a besoin d'argent tout de suite. Les usuriers sont après lui. Il est accro à la drogue et il fait tellement peur à voir que plus personne ne veut de lui pour du mannequinat.

Ça explique pourquoi il demande cinquante millions de dollars à Skyler, c'est clair. Mais si Johan est aussi instable, elle n'est pas en sécurité. Heureusement, elle travaille et elle n'a pas prévu de le voir avec son avocat que dans quelques jours.

– Merci, Wendy. Il faut que j'essaie de rappeler Skyler. Remercie Michael de ma part et dis-lui que je lui revaudrai ça. Idem pour toi.

Son visage s'illumine et toute son angoisse disparaît.

– Oh, je sais, t'en fais pas. J'ai déjà choisi ce que je veux.

– Ah oui ? Et c'est quoi ? je demande en fronçant les sourcils.

– Il y a trois trucs, en fait.

– Trois ? je répète en riant.

Je suis ravi de la voir de nouveau joyeuse. Je décide de suivre son exemple et d'oublier tout ce qu'elle vient de me raconter. J'ai une sacrée dette envers elle, je ne sais pas ce qu'elle et Michael ont dû faire pour obtenir ces informations, et honnêtement, je ne veux pas le savoir. Je suis sûr que ça ne me plaira pas et que j'aurai envie de la ligoter à sa chaise pour m'assurer qu'il ne lui arrivera rien.

– Premièrement... je veux deux semaines de congés payés à la fin de l'année pour ma lune de miel.

– C'est fait. Ensuite ?

– Je voudrais qu'on sorte tous les quatre, avec Skyler et Michael. Et... j'ai déjà acheté quatre billets pour le prochain match des Red Sox.

– Ah ! Tu veux dire que tu avais déjà prévu de foutre en l'air mon rencard avec Sky ? je m'exclame en riant.

– Michael aime autant le base-ball que toi, et je veux que vous soyez amis. Et j'aimerais mieux connaître Sky.

Je repense à Michael et à sa froideur. Je ne sais pas comment il a fait pour séduire une femme aussi pétillante que Wendy, mais il n'a pas de défaut apparent. Il semble plutôt sympa, si j'en crois la seule fois qu'on s'est tous retrouvés au *Lucky*. En fait, je ne sais rien de lui et je suis intrigué par leur couple et leurs tendances BDSM. Un double rencard n'est pas une mauvaise idée. Et Sky sera ravie, parce que tous les couples normaux sortent entre amis. Cela dit, avec Skyler, il est impossible de ne pas attirer l'attention de la foule.

– Tu sais ce qu'implique une sortie avec Skyler... les paparazzis ?

– Ne t'en fais pas, répond-elle en haussant les épaules, il n'y a rien à trouver sur moi à part ma photo sur le site d'*International Guy* et il n'y a que des infos professionnelles sur mon mec. Je me suis assurée que même les bons hackers ne trouveraient rien. Et puis, j'ai déjà dit à Michael que tu étais d'accord et il était fou de joie.

Je ricane en repensant au fiancé très réservé de mon assistante.

– J'en doute.

– Mais si ! s'exclame-t-elle avant de se raviser. Bon d'accord, il n'était pas fou de joie, mais il n'a pas détesté l'idée et j'ai utilisé tes contacts pour nous avoir des places derrière le banc des joueurs. C'est là que s'assoient toutes les stars. Ça t'a coûté une fortune, au fait, mais je vais trouver un moyen de le faire passer en note de frais.

– Mais bien sûr. C'est quoi le troisième truc ? je demande en souriant.

Connaissant Wendy, ça pourrait être aussi dingue qu'une soirée pyjama au siège d'*IG*. Avec elle, tout est possible.

– Le troisième ? dit-elle en fronçant les sourcils.

– Ma petite souris, tu voulais trois services en retour de celui que tu m'as rendu.

– Ah, oui...

Elle se mord la lèvre et j'ai soudain l'impression qu'elle est mal à l'aise, voire nerveuse.

– Wendy, tu peux me demander tout ce que tu veux, je dis d'une voix que je veux douce et encourageante.

– Eh bien, j'espérais que tu pourrais, tu sais... Enfin, si ce n'est pas trop te demander et que tu en as envie...

– Crache le morceau, Wendy, je dis en riant, espérant la détendre.

La seule et unique fois que je l'ai vue aussi nerveuse, c'est quand les photos privées de Sky et moi ont fuité dans la presse. Le reste du temps, elle est toujours solide comme un roc.

– Ben, tu vois, je n'ai personne pour... tu sais... euh... au mariage...

– Wendy... je gronde.

Elle soupire et gonfle ses poumons.

– Tu m'accompagnerais à l'autel ? se dépêche-t-elle de dire comme si cela lui coûtait.

– Tu veux que je t'accompagne ? Tu veux dire... que je prenne ton bras pour te donner à Michael ?

Elle hoche la tête.

– Pourquoi ?

– Je n'ai personne d'autre. Je n'ai pas de père ni de frère, et je sais qu'en théorie tu es mon patron, mais je te fais confiance et je te respecte et... Oh, puis oublie, tant pis, dit-elle soudain.

– Wendy, regarde-moi.

– T'en fais pas, répond-elle en fuyant mon regard. C'était bête, et je... je suis désolée de t'avoir demandé ça. C'est beaucoup trop tôt. Tu ne me connais pas depuis longtemps, et...

– Eh, tais-toi et laisse-moi parler !

Elle lève la tête, et son regard s'assombrit.

– Bon sang, tu fatiguerais un prêtre au confessionnal ! Laisse-moi en placer une ! je gronde d'une voix enjouée. Tout d'abord, je suis flatté que tu penses à moi. Ensuite, peu importe qu'on ne se connaisse pas depuis longtemps, ce n'est pas ça qui compte. Je tiens à toi, Wendy. Je serais ravi de t'accompagner à l'autel, si tu le souhaites.

– Je le souhaite. Ce serait génial ! s'exclame-t-elle.

– Alors, je crois qu'on est quittes.

– On est quittes ! répète-t-elle en me faisant un salut de soldat. Dis-moi si je peux faire autre chose. Je vais recommencer à enquêter sur les employés de *RFS*. Qu'est-ce que vous cherchez, au fait ?

– Un voleur.

– Mince ! Bon, j'y retourne tout de suite, s'exclame Wendy en raccrochant.

Je relis les documents qu'elle a envoyés. Johan est un individu immonde, avec des goûts pervers. Apparemment, sa famille l'a renié, sa carrière est au point mort, et c'est un drogué qui n'a rien à perdre.

Comment un enfoiré comme lui a-t-il pu tenir Sky dans ses bras ?

Je ravale mes pulsions assassines et je remercie le Ciel que Skyler soit avec moi. Je suis dans son camp, et mon équipe et moi allons faire tout notre possible pour la sortir de ce pétrin. Il faut juste que je trouve le moyen d'utiliser ces infos afin qu'il lâche Skyler pour de bon.

Je me rends soudain compte que je suis déjà en train de l'appeler. J'ai besoin d'entendre sa voix pour qu'elle me calme avant que je ne fasse quelque chose d'idiot. Mais surtout, j'ai besoin de savoir qu'elle va bien après avoir appris toutes ces horreurs sur Johan.

Elle répond à la deuxième sonnerie.

– Salut, chéri...

– Sky, bébé, comment tu vas ? je demande, soulagé et apaisé d'entendre sa voix.

– Ça va. Je m'enfouis sous une tonne de travail en espérant oublier cette histoire. Tracey cherche le meilleur moyen de révéler l'info à la presse et de gérer les conséquences s'il finit par publier les photos et son livre.

Je me crispe aussitôt, raide comme une planche, et je me force à respirer pour calmer la colère qui s'empare de nouveau de moi.

– Ça n'arrivera pas.

– Tu dis ça, mais tu ne connais pas Johan, répond-elle d'un ton résigné. Quand il décide quelque chose, il va jusqu'au bout, et si je ne le paie pas...

– Tu ne verseras pas un centime à cet enfoiré. J'ai demandé à Wendy de fouiner dans son passé et il a de vilains secrets, des secrets qui pourront te sortir de cette situation.

– C'est vrai ? demande-t-elle avec une lueur d'espoir qui m'emplit de fierté.

– Oui bébé. Je m'en occupe. Quand pourra-t-on parler des infos que j'ai sur ton ex ? Il vaudrait mieux que ce soit quand tu seras seule chez toi.

– J'ai beau vouloir tout savoir tout de suite, il faut que je reste concentrée. On va filmer tard ce soir et tôt demain matin. Je t'appellerai demain, quand on aura fini et que je serai rentrée à la maison.

– Ça marche, chérie, j'acquiesce, fou de joie à l'idée que je vais pouvoir la rassurer.

– Tu crois vraiment que tes infos vont me tirer d'affaire ?

– Je ne le crois pas, j'en suis sûr.

– Parker... chuchote-t-elle d'une voix qui me dit qu'elle retient ses larmes.

Je plaque le téléphone sur mon oreille pour entendre la moindre inspiration, le moindre mot.

– Je prendrai toujours soin de toi. Tant que je serai en vie, personne ne te fera de mal. Jamais.

– Chéri... je t'aime... commence-t-elle à dire.

J'ai beau avoir fait ce même aveu à Royce, je veux le lui dire en la regardant dans les yeux, de préférence nu et au lit.

Ça me tue de la faire attendre, j'aimerais le crier sur tous les toits.

– Ma pêche, garde ça pour un moment où on sera ensemble. J'ai des aveux à te faire, moi aussi, j'ajoute d'une voix chargée d'émotion.

– Ah ouais ? C'est vrai, ça ? Alors, j'ai encore plus hâte de te voir.

Je souris jusqu'aux oreilles. Skyler est tout ce dont j'ai besoin. Elle est à moi, tout à moi, et j'ai hâte de lui dire combien je l'adore.

– Appelle-moi demain, et je t'expliquerai ce que Wendy a déniché sur Johan. Ça te va ?

– Oui, chéri. C'est parfait. Et... remercie Wendy de ma part.

– Tu pourras le faire en personne. Quand tu viendras à Boston le mois prochain, on ira au match de base-ball avec Wendy et Michael.

Skyler glousse et les vestiges de colère et de tristesse qui pesaient sur mes épaules disparaissent.

– Ça va être super ! J'ai adoré passer du temps avec Wendy et son mec. Il a l'air très sérieux, peut-être qu'un match entre amis l'égaiera un peu.

– Peut-être. En tout cas, si quelque chose peut l'égayer, c'est bien Wendy et toi.

– Ah ! Mais la bière et le base-ball ne feront pas de mal non plus.

Je m'imagine avec un hot dog dans une main, une bière dans l'autre, assis à côté de Skyler, devant mon équipe préférée. Honnêtement, c'est l'idée que je me fais d'une journée parfaite.

– Non, ça ne fera pas de mal, c'est clair. De mon côté, tant que tu es là, je serai aux anges.

– J'ai hâte, dit Skyler.

– Moi aussi. Mais d'abord, on doit finir cette mission à San Francisco, ton film, et régler les menaces de ton enfoiré d'ex.

– Argh. J'ai juste envie de vivre ma vie. Pourquoi les choses ne peuvent pas être simples ?

– Rien n'est acquis, dans la vie. Parfois, on doit créer nos propres vagues pour aller de l'avant.

– Je suppose que tu as raison, dit-elle d'un ton distrait alors que j'entends une voix dans le fond. Je dois y aller, ma pause est finie.

– D'accord, ma pêche. Pense à m'appeler demain et on trouvera une solution à ton problème.

– Ça marche. Ce soir, quand tu seras de retour dans ta chambre...

– Oui ?

– Tu rêveras de moi ?

– Je rêve toujours de toi, Skyler. Toujours.

CHAPITRE 8

– Tout est en place ? je demande à Royce qui se faufile tant bien que mal à travers la foule du club.

Je suis assis dans le carré VIP du *Skyline*, le rooftop le plus branché de la ville, pour ceux qui peuvent se permettre l'entrée à deux cents dollars. Comme je connais le propriétaire, j'ai réussi à nous avoir le carré VIP gratuitement.

– Ouaip.

– Et Rochelle ? je demande en la cherchant derrière lui.

– Elle se remaquille dans les toilettes. Et les cinq finalistes ?

Je pointe mon pouce par-dessus mon épaule, en direction des canapés où ils sont assis.

– Ils boivent un verre en discutant avec les escorts qu'on a embauchées pour que toute l'attention ne soit pas sur Rochelle.

Il se gratte le menton alors que notre cliente nous rejoint, faisant s'écarter la foule comme la mer Rouge. Il faut dire qu'elle est resplendissante. Elle porte une robe argentée, faite d'un tissu fluide, comme de l'eau qui ruisselle sur ses courbes. Elle a un décolleté plongeant et la robe est fendue sur toute la longueur de la jupe, révélant ses jambes musclées et infinies.

Je me mords la lèvre et regarde Royce du coin de l'œil.

– Bon sang... marmonne-t-il.

Le connaissant, il doit se rappeler la nuit qu'il a passée avec elle et regrette de ne pas avoir pu remettre le couvert.

– C'est pour la bonne cause, frangin, je lui dis en le prenant par l'épaule.

– J'accepte. Ça ne me plaît pas, mais j'accepte. Où est Keehan ?

– Au bar, en train de commander un cocktail, je réponds en souriant.

Royce balaie la terrasse du regard et voit la même chose que moi. Une des femmes que nous avons engagées est en train de lui parler. Elle jette ses cheveux en arrière et lui effleure le bras, et Keehan éclate de rire.

– Alors, on est prêts à s'amuser ce soir ? demande Rochelle en venant vers nous.

– Absolument. D'ailleurs, on dirait que ton ami a commencé sans nous, je dis en désignant Keehan et sa compagne aux courbes généreuses.

Rochelle regarde Keehan et fronce les sourcils.

– À qui il parle ?

Je hausse les épaules. Je ne l'ai pas embauchée pour venir dans le carré VIP, mais je lui ai demandé de draguer Keehan toute la soirée, surtout parce qu'elle ressemble énormément à Rochelle. Le meilleur, dans l'histoire, c'est que Keehan n'est pas au courant et qu'il la drague sincèrement. Je suis fier de lui.

– Je ne sais pas, ce n'est pas une des femmes qu'on a embauchées pour le carré VIP, en tout cas.

– Est-ce que Keehan ne devrait pas être ici, avec nous ? demande-t-elle d'un ton inquiet.

– Pourquoi ? répond Royce un peu sèchement.

Sans doute est-il encore agacé que Rochelle ait fait une croix sur lui aussi facilement. Apparemment, elle était sincère en disant qu'elle ne faisait que s'amuser, et il semble bien que, quand une histoire est finie, elle tire un trait dessus pour de bon. C'est dans sa nature. Si ce n'était pas mon meilleur ami, ça ne me poserait pas de problème. On ne peut pas changer la nature des gens. Et puis elle a été claire avec lui et elle ne l'a pas mené en bateau, au moins.

– Parce qu'il devrait être en train de parler aux candidats pour m'aider à choisir le bon, déclare-t-elle d'un ton agacé qui me donne envie de rire.

– Et pourquoi ferait-il ça ? je demande, l'air de rien.

– C'est mon meilleur ami, rouspète-t-elle. Mon bras droit dans toutes les situations. Je pensais qu'il voudrait s'assurer que je ne vais pas me tromper. Après tout, il s'agit du reste de ma vie.

– C'est vrai, j'admets en hochant la tête, mais peut-être qu'il n'a pas envie que tu sois aussi proche d'un autre que tu l'as été de lui durant toutes ces années.

– De quoi tu parles ? me demande-t-elle.

Elle se tient à la rambarde et ne quitte pas Keehan des yeux. Il enlève une mèche de cheveux de l'épaule de la jeune femme, qui lui sourit tendrement.

– Keehan est le seul homme qui t'accompagne dans tous les domaines de ta vie, sauf physiquement, n'est-ce pas ? Peut-être qu'il en a marre de la vie de célibataire dont tu lui parlais en début de semaine.

– Je... je suppose, oui...

– Et comme tu cherches un homme avec qui fonder une famille, il a sans doute compris qu'il était temps qu'il te remplace.

– C'est absurde. Je ne remplacerai jamais Keehan, il est tout pour moi !

– Ah bon ? je demande en posant une main sur son épaule pour qu'elle me regarde.

– Oui, répond-elle en dégageant ma main.

– Alors, qu'est-ce qu'on fait ici ? demande Royce.

– J'ai besoin d'un homme dans ma vie et dans mon lit, répond-elle en grimaçant. Un jour, j'aimerais avoir un enfant. Un héritier pour poursuivre ce que j'ai construit. Ce qu'on a construit.

– Et tu veux ça sans Keehan ? je demande.

– Non ! Il fera toujours partie de ma vie...

– Mais de quelle façon ?

– Toutes ! rétorque-t-elle.

– Pas si tu ne le trouves pas attirant, je réponds en secouant la tête. C'est pour ça que tous ces hommes sont ici et qu'il est sur le point de partir avec la jolie brune.

– C'est ridicule, dit-elle avant de tourner les talons pour se rendre dans le carré VIP.

– Mince, ce n'est pas ce que j'espérais, je soupire en me massant la nuque.

Royce tourne la tête et sourit, les mains dans ses poches.

– Qu'est-ce que tu sais que je ne sais pas ? je lui demande avec un sourire en coin. La situation me semble hors de contrôle. Je pensais qu'en le voyant avec Gloria, elle serait tellement jalouse qu'elle ne pourrait pas s'empêcher d'intervenir. Mais, finalement, elle est déjà en train d'évaluer les candidats.

– Oh ! mais elle est jalouse, ne t'en fais pas. Regarde-la, répond Royce.

Je me tourne et vois Rochelle se présenter poliment au pompier, qui la regarde de haut en bas. Elle lui offre un sourire pincé, n'appréciant pas qu'il la reluque, et elle lui parle sans quitter des yeux Keehan et Gloria qui discutent toujours. Après une semaine à la côtoyer, je ne peux pas ignorer son agacement.

– Je crois qu'on devrait accélérer un peu les choses, qu'est-ce que t'en dis ? demande Royce avec un sourire diabolique.

– À quoi tu penses ?

– Je vais inviter Keehan et son amie à boire un verre dans le carré VIP.

– Tu es sans pitié.

– Peut-être, mais tu dois retrouver ta nana, et moi ma vie à Boston. J'en ai marre de la Californie. Il est temps de boucler cette mission.

– Mec, je suis entièrement d'accord avec toi.

Je meurs d'envie de retrouver Skyler.

Royce hoche la tête et rejoint Keehan et Gloria. Je le regarde commander un verre, puis s'adresser au couple. Dès qu'il est servi, ils le suivent dans notre section, tout sourires.

– Keehan, je dis en lui tendant la main.

– Parker, répond-il. Alors, c'est par ici qu'on s'amuse ? demande-t-il d'un ton solennel qui en dit long sur ce qu'il ressent.

Il est clairement gêné par ce que nous faisons pour Rochelle, en dépit de la belle femme qui est à son bras.

– C'est ça ! Et qui est cette belle jeune femme ? je demande, l'air de rien.

– Je suis Gloria, répond-elle, jouant le jeu.

– C'est un joli prénom pour une jolie femme, ajoute Royce en lui faisant un baisemain.

Il fait toujours ça quand il trouve une femme séduisante.

Je lui mets un coup d'épaule pour qu'il voie Keehan fusiller Rochelle du regard quand elle éclate de rire avec un des candidats.

– Viens, Gloria, dit Keehan. Je voudrais te présenter à mon amie Rochelle.

Je souris en les regardant rejoindre le petit groupe qui s'est rassemblé dans un coin.

– Bon sang, j'aurais dû apporter du pop-corn. Les choses sont sur le point de devenir très intéressantes, dit Royce en riant alors que je regarde Rochelle lancer un regard noir à Keehan et son amie.

◆ ◆ ◆

La soirée se poursuit, et le jeu du chat et de la souris de Rochelle et Keehan est à la fois comique et agaçant.

– Pourquoi il n'a toujours rien tenté ? je grogne dans mon gin tonic en regardant les couples danser.

Rochelle a choisi le médecin qui est, en gros, le sosie de Keehan. Quant à Keehan, il est resté scotché à Gloria, même s'il a suivi Rochelle des yeux toute la soirée.

– Je dois admettre que c'est épuisant. Pourquoi on a accepté cette mission, déjà ? répond Royce en secouant la tête.

– C'est toi qui l'as choisie parce que tu as craqué pour son joli minois, je rétorque en pointant mon doigt sur lui.

– Je dois avouer que je suis tombé sous son charme. En même temps, elle est canon !

Je hoche la tête, car il n'a pas tort. Rochelle est une bombe. Elle a des jambes infinies, un corps musclé, des pommettes saillantes, un sourire étincelant et de longs cheveux bruns. Elle est intelligente et ambitieuse, c'est une perle rare. Il faut juste qu'elle trouve le bon mec.

– C'est vrai, j'acquiesce en la regardant se frotter au médecin.

Keehan l'observe aussi, mais avec un regard glacial.

Allez Keehan. Prends les choses en main, mon vieux !

Il finit par le faire quand le médecin saisit la hanche de Rochelle et se frotte contre ses fesses. Il caresse sa taille et palpe son sein, et Rochelle se crispe. Elle grimace, clairement mal à l'aise. C'est elle qui a allumé son partenaire en se frottant à lui, c'est vrai, mais c'est elle qui avait le contrôle de la situation. Elle touchait ce qu'elle voulait, et non l'inverse. Elle lui a laissé croire, et j'aurais compris la même chose, qu'elle apprécierait qu'il soit plus entreprenant. Mais apparemment ce n'est pas le cas, et il a été trop loin.

Royce et moi nous levons brusquement et fonçons sur la piste pour intervenir, mais Keehan est plus près. Il empoigne le médecin par le bras et il le tord dans son dos, le faisant hurler.

– Fais gaffe, je suis chirurgien, j'ai besoin de ma main ! bafouille-t-il.

– Alors, t'aurais pas dû t'en servir pour prendre mon sein ! rétorque Rochelle en croisant les bras.

– Excuse-toi, gronde Keehan en levant son bras plus haut.

– Mais c'est elle qui a commencé en se frottant...

Keehan rugit dans son oreille et tord davantage son bras, le faisant crier de douleur.

– Je t'ai dit de t'excuser !

– Pardon. Merde, pardon. Je suis désolé, lâche-moi !

Mais Keehan ne lâche pas le bras du médecin et saisit son menton pour le forcer à regarder Rochelle pendant qu'il lui crie dans l'oreille.

– Je vais te lâcher, mais tu vas sortir du club, et tu ne regarderas plus jamais ma femme. Tu la vois...

– Oui, mec. Je la vois, je la vois ! hurle-t-il.

– Non. Justement. Tu ne la vois plus jamais. Compris ? Maintenant dégage ! s'exclame Keehan en poussant le médecin vers la sortie.

Il titube, mais se rattrape, puis il ajuste sa veste et se masse l'épaule.

– Vous êtes dingues, tous les deux ! Vous méritez d'être ensemble, vous êtes complètement tarés ! crache-t-il en traversant la foule pour partir.

Je m'approche de Gloria, qui regarde la scène avec de grands yeux. Je me penche pour chuchoter à son oreille et je lui glisse deux cents dollars dans la main.

– Il est temps pour toi de disparaître. Voilà ton pourboire. Beau travail.

Je lui fais un clin d'œil et elle me répond par un grand sourire avant de partir à son tour. Elle a déjà eu une paye généreuse via l'agence, mais un pourboire n'a jamais fait de mal à personne et elle a fait un très beau travail en rendant Rochelle jalouse et en boostant la confiance de Keehan. Cela dit, je ne m'attendais pas à ce qu'il se transforme en l'Incroyable Hulk.

Rochelle se jette dans les bras de Keehan et enfouit son visage dans son cou. Il la serre contre lui et caresse son dos jusqu'à ce qu'elle se soit calmée.

– Si tu n'avais pas été là... Bon sang, quelle idiote ! Je n'aurais pas dû me frotter à lui comme ça, admet-elle.

– Pourquoi tu as fait ça ? Je ne t'ai jamais vue te comporter comme une allumeuse.

Elle n'apprécie pas ce qu'il dit et elle recule la tête, mais elle ne le lâche pas, et lui non plus.

– J'essayais de te rendre jaloux moi aussi ! dit-elle. Mais je suis sûre que tu n'as rien vu, tellement Gloria se frottait à toi.

– Elle ne se frottait pas à moi, on dansait. Contrairement à toi et l'idiot que j'ai foutu dehors.

– Tu vas me dire que c'est de ma faute s'il m'a tripotée ? s'exclame-t-elle en essayant de reculer davantage.

Keehan joint ses mains juste au-dessus de ses fesses pour l'en empêcher.

– Absolument pas. Aucune femme ne demande à être tripotée comme ça par quelqu'un d'autre que son mec.

– Et depuis quand je suis *ta* femme ? répond-elle en posant une main sur son torse.

– Tu l'es !

– Mais non ! rétorque-t-elle en le fusillant du regard. D'après qui ?

– Moi. J'en ai marre de ce jeu, Chelle. Ça fait une dizaine d'années que je suis ton homme, et il est grand temps que je le sois dans tous les aspects qui comptent.

Il baisse ses mains sur ses fesses et attire Rochelle contre lui.

– Qu'est-ce que tu fais ? s'exclame-t-elle, surprise, tout en s'accrochant à son cou et en se plaquant contre lui au lieu de reculer.

– Je tripote ma femme.

Elle ouvre la bouche et le fusille du regard, prête à répondre, mais il s'empare de sa bouche et ne lui en laisse pas l'occasion.

J'ai envie d'applaudir.

Royce, lui, ne peut s'empêcher de commenter.

– Mince, je pensais que je lui plaisais, mais ce n'était rien à côté de sa manière d'être avec lui.

Keehan tient Rochelle contre lui et, une main sur ses fesses, il la soulève. Son autre main plonge dans ses cheveux pour tenir son visage et la dévorer.

– Euh... je me demande si on ne devrait pas les arrêter avant qu'ils ne finissent à poil au milieu du club.

– Ouais, ricane Royce.

– On dirait des adolescents, bon sang. Je vais intervenir.

Je me dirige vers eux tandis qu'ils s'embrassent sous les regards surpris des autres clients de la boîte, et je tapote Keehan sur l'épaule. Il dégage ma main, refusant de lâcher Rochelle.

– Keehan, mec, faites une pause. Emmène ta nana ailleurs, je dis plus fort pour qu'ils m'entendent.

– Hein ?

Il recule et tourne la tête vers moi.

– Mince. Chelle, chérie, il faut qu'on poursuive ça ailleurs, dit-il en la prenant par la taille.

Elle regarde autour d'elle et rigole. Bon sang, je ne m'attendais pas à voir Rochelle Renner glousser.

– Ça roule. Chez toi ou chez moi ?

– Chez moi, c'est plus près, marmonne-t-il avant de se racler la gorge.

– Tu es au dixième étage et moi au penthouse, ricane-t-elle.

– C'est ce que j'ai dit ; chez moi c'est plus près, répond-il en l'embrassant brièvement. Allez viens. Il faut qu'on parle de choses qui vont changer nos vies à tout jamais.

– Oh, mais il est hors de question qu'on parle, déclare-t-elle.

Il baisse les yeux vers elle et sourit jusqu'aux oreilles.

– D'accord. Je te fais l'amour jusqu'à ce que tu t'endormes dans mes bras, et on parlera au petit déj.

Elle sourit et l'embrasse dans le cou. Je n'oublierai jamais le sourire de Keehan quand il tourne la tête vers moi. Il a enfin dans les bras la personne qu'il voulait plus que tout au monde et qu'il ne pensait jamais avoir. Je suis ravi d'être témoin d'un moment aussi heureux et important.

Le couple se dirige vers la sortie quand Royce les appelle.

Ils se retournent, mais Keehan n'est pas ravi d'être interrompu alors qu'il part enfin avec la femme de ses rêves. Quant à Rochelle, elle semble trop heureuse pour s'agacer.

– Demain après-midi, il faut qu'on se voie pour passer en revue l'enquête sur vos employés. On repart à Boston demain soir.

– Royce a raison. Une fois qu'on aura trouvé le coupable, je ne crois pas qu'on vous soit encore utiles... à moins, bien sûr, que Rochelle veuille toujours qu'on lui trouve un mari, j'ajoute pour m'assurer que Rochelle est prête à se battre pour son homme, comme il s'est battu pour elle.

Keehan se crispe et elle se rapproche de lui.

– Non, je suis d'accord. Je n'aurai plus besoin de vos services. J'ai enfin l'homme avec qui je veux être, l'homme parfait pour moi.

Je souris, même si je sens que Royce se crispe à mes côtés. J'ai envie de dire ou de faire quelque chose pour qu'il sache que je sais ce qu'il ressent, que j'ai été jeté par le passé, moi aussi, mais ce n'est pas le moment et il n'apprécierait pas. Royce n'est pas ce genre de mec. Il s'en remettra à sa façon, et je dois le laisser faire. Je ne suis pas sa mère ni son père. Tout ce que je peux faire, c'est être là pour lui, en tant qu'ami. En tant que frère.

– On vous voit vers dix heures, alors, je déclare pour qu'ils sachent qu'on ne les attend pas de bonne heure.

Rochelle se tourne vers Keehan et pose sa main sur son torse.

– Ramène-moi chez toi, dit-elle.

– Mieux vaut dire midi, les mecs. La nuit va être très, très courte, répond Keehan en se léchant les lèvres, prêt à dévorer Rochelle sur place.

Je frappe fort dans mes mains avant qu'il ne puisse faire quoi que ce soit, et ils sursautent avant de se rendre compte qu'ils sont toujours au milieu du club.

– Allez, les enfants. Soyez prudents.

Rochelle me fait un petit signe de la main, et je retourne au carré VIP pour informer les candidats que Rochelle a pris sa décision. Toutefois, lorsque j'arrive, ils sont tous casés avec les mannequins, alors je les laisse tranquille.

Royce me rejoint et regarde autour de nous.

– Mince, on est bons. On est les meilleurs entremetteurs de tout le pays, déclare-t-il.

– Allez, viens. C'est ma tournée, frangin, je lui dis en riant.

Il hoche la tête et me suit au bar sans un mot. Lorsqu'on est assis, le barman lui sert un whisky, et moi un gin tonic.

– À un autre succès pour *International Guy* ! je dis en levant mon verre.

– À la tienne ! répond-il en trinquant.

Nous buvons en silence et quand je le regarde, je trouve son visage particulièrement lugubre, mais peut-être est-ce la lumière.

– Tu es déçu qu'elle ait choisi Keehan ?

– Non. On n'était pas faits l'un pour l'autre, comme tu l'as dit.

– Ouais, mais elle te plaisait quand même, je réponds.

– C'est vrai, mais je crois que c'était surtout ce qu'elle représentait qui me plaisait.

– Comment ça ?

– Il est temps, mec, répond-il d'un ton on ne peut plus sérieux.

– Il est temps de quoi ?

– Que je me case. Je le sens dans mes veines, dit-il.

– Ta mère te met la pression ? je demande, parce qu'elle aime se mêler de sa vie.

– Non, répond-il en riant. Enfin oui, mais pas plus que d'habitude. Elle veut que je sois heureux, donc, bien sûr, elle aimerait que je trouve la bonne. J'aimerais avoir une raison de rentrer chez moi le soir, quelqu'un qui m'y attend. Quelqu'un contre qui dormir la nuit. Une femme que je peux aimer et chouchouter, à qui je peux faire des bébés. Il est temps, déclare-t-il.

Je hoche la tête.

– C'est ce que tu ressens avec Skyler ?

– Je sais que je l'aime et que j'ai hâte de le lui dire. J'ai comme l'impression qu'elle m'aime aussi et qu'elle attend de me le dire, aussi. Elle m'a parlé d'emménager à Boston, et je suis partant. Surtout parce que, comme tu dis, j'aimerais la retrouver tous les soirs. Quand je vois Sky, j'ai envie de lui raconter ma journée et j'ai sincèrement envie qu'elle me raconte la sienne. J'aimerais mettre mon poing dans la figure de tous les mecs avec qui elle doit jouer, mais je suis ravi qu'elle fasse semblant avec eux alors qu'elle est sincère avec moi. C'est moi qui ai ses premiers sourires et ses « bonjour » endormis. C'est moi qui ai tous ses « bonne nuit ». Et son corps divin est tout à moi. Si c'est à ça que tu fais allusion quand tu me demandes si je ressens ça avec Skyler, alors la réponse est oui, mec. Je ressens ça.

Royce rit et me frappe dans le dos.

– Je suis content pour toi, mec. J'imagine que ce n'est pas facile d'être en couple avec une star, mais vous avez l'air de bien vous en sortir.

– Je ferais n'importe quoi pour être avec Skyler. Tant que je serai avec elle, je ne manquerai jamais de rien. Le fait qu'elle soit célèbre est un inconvénient, c'est tout.

– C'est bien. Maintenant, dis-moi ce que Wendy a trouvé sur son ex.

Je grimace et je finis mon verre cul sec.

– Merde, c'est si mauvais que ça ? demande-t-il en haussant les sourcils.

– Une autre tournée, s'il te plaît, je demande au barman.

– Ouais, c'est vraiment mauvais.

Je grince des dents et ferme les poings en attendant que le barman nous serve.

– Dis-moi tout, mec, dit Royce.

CHAPITRE 9

Le lendemain matin, Royce et moi passons les portes de *Renner Financial Services* et trouvons Helen derrière le bureau d'accueil, en train de faire du café. Elle est toujours aussi maigre, mais quand elle tourne la tête, je suis choqué de voir combien elle ressemble à Rochelle. Ses cheveux, son maquillage et sa tenue sont les mêmes. Elle porte une jupe crayon, des escarpins et un chemisier en soie. Ses vêtements pourraient être tout droit sortis du dressing de sa patronne.

– Tu vois ce que je vois ? je demande à Royce.

– Ses fesses ne sont pas aussi belles, mais on pourrait presque la confondre avec Rochelle !

– C'est bizarre, je chuchote alors qu'Helen se tourne vers nous.

– Bonjour, Messieurs ! Je suis de retour, et j'ai hâte de savoir si vous avez trouvé un partenaire à Rochelle.

Elle paraît trop excitée pour une simple employée. Mais il semblerait qu'elle travaille ici depuis longtemps.

– Notre cliente a décidé du rôle qu'elle souhaitait attribuer au sexe opposé et de la contribution qu'aura un homme dans sa vie, répond Royce en restant vague.

– Aaaaaah ! s'exclame Helen. Je sais lire entre les lignes, ne vous en faites pas. Elle a trouvé quelqu'un, mais vous ne pouvez rien dire, parce que vous êtes tenus de garder le secret !

– On va entrer et attendre Rochelle dans son bureau, si ça ne vous dérange pas.

Helen semble folle de joie.

Elle nous fait signe de la suivre dans le bureau de sa patronne.

– Installez-vous. Je peux vous offrir un café...

Nous sommes sur le point d'accepter lorsque Rochelle et Keehan entrent, tout sourires. C'est l'effet que vous fait une partie de jambes en l'air. C'est ce que je ressens après un week-end avec Skyler.

Helen tourne la tête vers la porte, mais elle ne regarde même pas sa patronne.

– Salut Keehan, chuchote-t-elle d'une voix rauque.

– Salut Helen ! dit-il d'un ton joyeux en la prenant par l'épaule. Ça fait un bail ! Alors, ces vacances ?

Elle hausse les épaules et fait la moue, cherchant à attirer le regard de Keehan sur sa bouche.

– Elles auraient été meilleures si je les avais passées avec un homme comme toi, répond-elle alors que son regard s'embrase.

– Je comprends, répond-il en frottant son bras de haut en bas.

Elle soupire, aux anges, mais il poursuit, ne se rendant pas compte de l'effet que ses caresses et ses paroles ont sur Helen.

– Si je ne partais pas en vacances avec Chelle, je m'ennuierais à mourir moi aussi !

Le visage d'Helen se referme en entendant le nom de sa patronne et elle semble en colère, mais elle se dépêche de retrouver un masque joyeux.

Ça ne me plaît pas, j'ai un mauvais pressentiment.

– Je suis contente que vous soyez de retour, Helen. Ça a été dur sans vous, dit Rochelle en s'asseyant derrière son bureau.

– J'en doute, chuchote Helen, si bas que je suis le seul à l'entendre.

– Pardon ? dit Keehan.

– Je n'en doute pas, répond-elle en lui faisant les yeux doux.

– Vous vous souvenez de l'équipe d'*International Guy* ? demande Rochelle.

Helen fronce les sourcils une demi-seconde, puis elle se ressaisit et sourit de nouveau.

– Oui, Mademoiselle Renner. Nous nous étions croisés avant que je parte. J'étais ravie d'apprendre que vous alliez de l'avant dans votre projet.

– En effet, oui, confirme Rochelle, pleine de joie.

– Alors, y a-t-il des candidats intéressants ? demande Helen d'une voix inquiète, comme si son bonheur dépendait de la réponse de Rochelle.

– Eh bien, il s'avère que je n'avais pas besoin d'*IG* pour trouver l'homme idéal, dit Rochelle.

Keehan laisse Helen pour rejoindre Rochelle, et Helen pâlit brusquement en les regardant.

– Comment ça ?

Je penche la tête sur le côté et étudie sa réaction lorsque Rochelle prend Keehan par la taille et pose une main juste au-dessus de sa ceinture, un geste qui en dit long sur leur toute nouvelle intimité.

Helen retient son souffle avec un cri aigu et ferme les poings.

– Je ne suis pas sûre de comprendre.

– Ce n'est pas évident ? répond Rochelle en caressant le torse de Keehan et en se levant pour se blottir contre lui.

– Pas pour moi, non, rétorque froidement l'assistante en fusillant sa patronne du regard.

– Rochelle a enfin compris que ce qu'elle cherchait était sous son nez depuis le début, je déclare en voyant Helen s'énerver davantage.

– C'est-à-dire ?

– Que Keehan est l'homme que j'ai toujours voulu mais que j'avais trop peur de perdre, bien sûr ! s'exclame Rochelle en éclatant de rire alors que Keehan l'embrasse sur la joue.

– Quoi ? s'écrie Helen, furieuse.

– Tu sais, tu avais raison depuis le début, Helen, dit Keehan en mordillant la lèvre de Rochelle. Apparemment, la patronne était raide dingue de moi. Mais on est ensemble, enfin ! Ce n'est pas génial ? dit-il en regardant Rochelle dans les yeux.

– Non ! Après toutes ces conversations ! Tu disais que... que vous n'étiez qu'amis et qu'elle ne te verrait jamais autrement que comme ami, répond Helen.

Rochelle et Keehan la regardent d'un air curieux, mais c'est Keehan qui parle le premier.

– Je pensais que tu serais contente pour nous. Tu disais toujours qu'il fallait que je sorte et que je trouve quelqu'un à chouchouter et qui pourrait prendre soin de moi en retour. Rochelle a toujours eu ce rôle, justement, et on a enfin compris qu'on était plus qu'amis.

Helen se prend la tête entre les mains.

– C'est impossible ! s'écrie-t-elle en secouant la tête.

Son changement d'attitude est si étrange, elle semble possédée.

– Tu as dit que c'était une amie ! Tu as dit que tu ne la voyais pas comme ça !

– Eh, calme-toi, ma belle, dit Royce en tendant une main vers elle, qui fait les cent pas rageusement.

– Helen, qu'est-ce qui vous arrive ? Vous êtes étrange, vous vous sentez bien ? demande Rochelle d'une voix douce en voulant approcher.

Je regarde Royce en secouant la tête, il se lève pour s'interposer entre Helen et le couple tandis que Keehan plaque sa femme contre lui.

– Vous avez tout ! Tout ce que vous voulez ! crie Helen en pointant Rochelle du doigt. Vous avez le boulot, l'argent et maintenant le mec ! J'en ai marre d'être votre boniche ! J'en ai marre de vous voir utiliser les hommes comme des objets et de voir Keehan toujours aussi fou de vous, année après année, sans qu'il ne daigne jamais me regarder ! J'ai autant de mérite que vous ! Non, d'ailleurs, j'en ai plus ! Parce que je ne suis pas une garce coincée ! Bon sang, Keehan, tu ne peux pas sérieusement avoir envie de cette pimbêche !

Keehan lâche Rochelle pour faire le tour du bureau et aller vers Helen, mais Royce tend la main pour l'arrêter.

– Je ne ferais pas ça si j'étais toi, elle est instable, mec.

– Instable ?! Vous allez voir ce que c'est d'être instable !

Helen saisit un vase en cristal rempli de fleurs et le jette sur Rochelle. Il ne l'atteint pas, mais il s'écrase sur son bureau en verre qui vole en éclats.

Royce et moi n'avons pas le temps de la retenir, car elle se jette sur Rochelle avec la force et la rapidité d'un puma. Elle tacle sa patronne, qui tombe par terre en poussant un cri.

– Merde ! je m'exclame en essayant d'éviter les gros morceaux de verre pour attraper les deux femmes qui se roulent par terre en se mettant des coups de pied et en se tirant les cheveux. Je vois une touffe de cheveux noirs voler dans les airs et j'en conclus qu'Helen s'est fait faire des rajouts.

– Espèce de garce ! Ça coûte une fortune !

Helen tire les cheveux de Rochelle, mais il ne se passe rien, soit ses rajouts sont de meilleure qualité, soit ce sont ses vrais cheveux. Notre cliente roule sur Helen et empoigne de nouveau ses cheveux, qu'elle arrache et qu'elle brandit en l'air d'un air triomphal.

Helen pousse un cri de douleur et plante ses ongles dans les bras de Rochelle pour la griffer, y laissant de grosses traces rouges.

– Espèce de garce ! crie Rochelle à son tour. Tu ne paies rien pour attendre, ma pauvre. Je vais devenir ton pire cauchemar ! Vous êtes virée, virée ! Et je porte plainte contre vous !

Elle saisit les vrais cheveux d'Helen et plaque sa tête sur la moquette. La jeune femme lève les yeux au ciel quelques secondes, puis, soudain, elle devient toute molle.

– Non... non... non ! je m'exclame en me précipitant pour immobiliser Helen pendant que Royce empoigne Rochelle par la taille pour la soulever.

Elle se débat en agitant les jambes et il se tourne pour la plaquer contre le torse de Keehan, qui la tient fort contre lui.

– Waouh. Je ne me souviens pas de la dernière fois que j'ai vu deux femmes se battre pour un homme, dit Royce en souriant et en époussetant son costume.

Il ramasse le téléphone et appuie sur un bouton.

– Il me faut la sécurité au bureau de Rochelle Renner, et appelez la police.

Il hoche la tête et repose le téléphone par terre, au milieu des énormes morceaux de verre. Je ne sais pas comment Rochelle et Helen ont fait pour ne pas se blesser, mais apparemment elles n'ont rien de grave.

Keehan et Rochelle chuchotent dans un coin du bureau, et je m'occupe d'Helen. Royce me procure un gant mouillé et j'essuie son visage pour enlever le sang de son front et de son nez. Elle marmonne et ses pupilles sont dilatées, j'ai l'impression qu'elle n'a plus toute sa tête.

J'essaie d'entendre ce qu'elle dit.

– Il était censé être à moi. J'ai l'argent, maintenant. Il devait être à moi. J'ai l'argent, maintenant.

Elle répète ces phrases en boucle et, soudain, je comprends de quoi elle parle.

– Roy, tu peux garder un œil sur elle ? Je dois passer un coup de fil.

Je sors dans le couloir pour appeler Wendy.

– Salut, boss, t'as eu ta nana ?

– Ma nana ? je demande, pensant qu'elle parle de Skyler.

– Celle qui volait du fric à *RFS*. Je t'ai envoyé les résultats il y a une dizaine de minutes. J'ai fini par conclure que c'était une certaine Helen Humphrey. C'est la seule employée chez qui des dizaines de milliers de dollars apparaissent sur son compte toutes les deux ou trois semaines. En fouillant un peu plus, j'ai découvert qu'elle se servait du code de Rochelle. En pratique, on dirait que Rochelle se volait son propre argent.

– Waouh !

– Ouais, et d'après mes calculs, elle a pris plus de six cent mille dollars en deux ans. Cette femme a une place toute prête en prison.

Je regarde par-dessus mon épaule en direction du bureau, où j'aperçois la minuscule femme se balancer d'avant en arrière.

– Ou dans un hôpital psychiatrique.

– Ah ? Quelque chose me dit que je ne sais pas tout. J'ai hâte que vous me racontiez ! glousse Wendy.

– Je dirai à Royce de tout t'expliquer. Je vais aller voir Skyler avant de rentrer.

– C'est ce que j'ai pensé. C'est pour ça que j'ai réservé ton billet pour New York ce soir, plutôt que pour Boston.

– Tu es la meilleure, je dis à Wendy en souriant.

– Je sais. Surtout ne l'oublie pas !

– Je te fais confiance pour me le rappeler tous les jours.

– Ah ! Tu me connais bien, répond-elle en riant. Est-ce que tu... t'as parlé à Sky des infos que j'ai trouvées ?

– Pas encore, je réponds à voix basse. Elle est au courant que je sais quelque chose et que ce n'est pas agréable. Comme on rentre ce soir, je lui dirai en face.

– Ouais, c'est une bonne idée. Dis-moi si je peux faire quoi que ce soit. J'espère que tu vas bientôt rentrer, j'en ai marre d'avoir le roi de la drague comme seule compagnie. À ce propos, la prochaine fois que Royce et toi devez partir, emmenez-le avec vous !

J'éclate de rire en secouant la tête.

– Il ne t'a pas lâchée, alors ? je demande en imaginant Bo flirter non-stop avec Wendy.

– Ouais, mais ça va, je sais m'occuper de lui.

– Si seulement ! s'écrie Bo quelque part en arrière-plan avant de se joindre à la conversation. Mec, j'ai lu ce que Wendy t'a envoyé. Je suis là pour toi, n'hésite pas. Si tu veux que je te retrouve quelque part pour lui casser la gueule, je suis ton homme. J'arrive pas à croire qu'il s'en prenne à Skyler, grogne-t-il.

– Merci Bo, je réponds en fermant les yeux. Pour l'instant, je vais aller à New York pour faire le point avec Skyler et élaborer une stratégie avec elle.

– Je peux t'y retrouver, si tu veux. Je peux même te devancer, vu que tu es sur la côte Ouest.

– J'apprécie, frangin, mais je vais y aller tout seul. Je te le dirai, si j'ai besoin de toi.

– Ça roule. Dans ce cas, au boulot, et dis à Royce que je l'attends. Sophie a appelé à propos d'un document qu'elle veut qu'il lise.

– Dis-lui de le lui envoyer par mail.

– Elle l'a fait. Apparemment, il est tellement concentré sur toi et la cliente qu'il n'a pas regardé ses mails depuis deux jours.

– On a été très occupés, oui. Entre cette histoire avec Sky, le vol à *RFS* et la vie sentimentale de notre cliente, on n'a pas arrêté.

– Ouais, c'est ce que j'ai pensé. Au fait, j'ai demandé à Wendy d'enquêter sur le nouveau copain de Sophie, dit-il d'une voix neutre.

Tout à coup, mon cœur bat plus vite à l'idée que Bo est peut-être sur le point de m'apprendre des horreurs qui finiront par me faire perdre la tête. Je suis déjà affolé par les problèmes de Skyler, je ne sais pas si je supporterais que Sophie en ait aussi.

– Je t'en supplie, dis-moi qu'elle n'a rien trouvé...

– Il est clean, ne t'en fais pas, répond-il en riant. Wendy a tout donné et elle n'a rien trouvé. Mais attends un peu. Apparemment, il a été dans une bijouterie, la semaine dernière, et il a acheté quelque chose qui coûtait très cher.

– Tu crois qu'il va la demander en mariage ? Déjà ? Ça fait quoi... un peu plus d'un mois qu'ils sont ensemble ?

– Je sais pas, mec. T'as vu Sophie... Elle est canon, intelligente, riche et pétillante. Mieux vaut ne pas risquer de perdre une femme comme ça.

– Merde, si un mec comme toi dit ça, alors que tu manques faire un arrêt cardiaque dès qu'on parle de relations sérieuses, alors c'est sûr, il ne va pas tarder à la demander en mariage.

– Je pense, ouais.

– Je vais lui passer un coup de fil pour prendre des nouvelles.

– C'est une bonne idée. Il ne faudrait pas qu'elle fonce tête baissée et qu'elle l'épouse parce qu'elle ne s'est pas remise de t'avoir perdu.

– Elle ne m'a pas perdu, on n'a jamais été ensemble, espèce d'abruti !

– Si tu le dis, mais elle avait l'air d'être attachée à toi quand on était en France.

– Il s'est passé beaucoup de choses en France. Mais tout a changé quand je suis allé à New York et ça, c'est pour toujours, frérot.

– Ouais, je l'avais compris.

– Alors, pourquoi tu parles de ça ? je demande en m'adossant au mur.

– Parce que je sais combien tu tiens à Sophie. On tient tous à elle. Je veux juste que tu saches que sa vie sentimentale avance à vive allure.

Je ravale mon angoisse à l'idée que mon amie se fasse avoir, mais tout le monde n'est pas Kayla. Skyler n'est pas Kayla, et le mec de Sophie non plus. Tout le monde ne cherche pas à briser le cœur des autres.

– Tant qu'elle est heureuse, je le suis aussi. Mais ce type a intérêt à la traiter comme une reine.

– C'est clair.

Je mets fin au coup de fil alors que les portes de l'ascenseur s'ouvrent sur deux vigiles et un policier.

– C'est par là, je leur dis en désignant le bureau de Rochelle.

Ils entrent tous les trois et je leur emboîte le pas.

◆ ◆ ◆

Je suis épuisé et je m'assois dans le canapé moelleux du bureau de Rochelle. Elle est allongée sur celui d'en face, l'avant-bras sur ses yeux. Les flics ont emmené Helen et des techniciens sont en train de faire le ménage. Keehan et Royce sont occupés à dresser les rapports pour les flics. Rochelle va embaucher des auditeurs indépendants pour étudier les comptes de l'entreprise et déterminer l'étendue des dégâts qu'Helen a causés. Elle finira sans doute par récupérer une partie de l'argent qu'elle lui a volé, mais cela peut prendre du temps.

– On a eu de la chance, tu sais, je chuchote.

– Ah bon, tu crois, toi ?

– Ç'aurait pu être pire. Helen voulait Keehan et elle était prête à tout pour l'avoir. Elle a utilisé tes codes pour te voler, elle s'habillait et se coiffait comme toi. Elle t'a quand même jeté un vase à la figure...

– Je n'aurais pas dû être aussi stupide. Keehan a toujours été dans ma vie. C'est mon bras droit, celui vers qui je me tourne pour tout. Je compare tous les autres à lui et ils ne sont jamais assez bien.

– Apparemment, parfois, il faut débourser une grosse somme pour enfin ouvrir les yeux, je ricane.

– Je suis contente de vous avoir appelés. Ça en valait la peine, jusqu'au dernier centime.

– Je suis ravi de l'entendre. Ça te dérange si je te donne un dernier conseil ?

– Est-ce que j'ai vraiment le choix ? demande-t-elle en tournant la tête vers moi.

Je souris. Je comprends que Royce ait craqué pour cette femme. En plus d'être canon, elle est vive d'esprit et elle a du répondant, ça plaît aux hommes, surtout à Royce. Sur de nombreux points, elle était parfaite pour lui, en fait. Mais il n'aurait pas pu l'empêcher de s'épuiser au travail et, pour elle, la famille est secondaire. Or, la mère et les sœurs de Royce sont profondément mêlées à sa vie, s'il lui reste de la place dans son cœur pour une femme, ce n'est pas pour qu'elle remplace les autres.

– Dis-moi... dit-elle en se tournant sur le côté et en appuyant sa tête dans sa main.

– Parfois, il ne s'agit pas juste de voir ce qui est sous son nez, même si dans ton cas c'était crucial.

– Alors, il s'agit de quoi ? Le suspense va me tuer, ricane-t-elle.

Je retiens ma respiration et prie pour ne pas la vexer, mais je ne lui rendrais pas service en ne lui disant pas ce que je pense.

– Je crois que ce que tu cherches depuis toutes ces années ne se résume pas à un partenaire ou à ton succès dans ta vie professionnelle. Parce qu'en fait, tu désires ce que tu as déjà. Keehan a toujours été là. Je crois que tu avais peur. Ne laisse pas la peur contrôler ta vie, et bon sang, lâche-toi un peu... vis ! Si tu passes tout ton temps au travail, tu n'auras pas le temps de vivre.

La porte s'ouvre et Keehan rejoint Rochelle, s'asseyant dans le creux laissé par son bassin.

– Je vais me laver les mains avant d'aller à l'aéroport, je dis en me levant.

– Parker, dit Rochelle en désignant la porte fermée dans un coin de son bureau.

– Merci.

Je l'ouvre et découvre une petite salle de bains toute blanche. Tout y est blanc : le sol, les murs, les serviettes, le lavabo, même les robinets.

– Quelle femme bizarre, je marmonne.

Je suis en train de me laver les mains quand je remarque la glace immense. Je souris et repense aux quatre fois que j'ai écrit un message sur un miroir. Je décide aussitôt que s'il y a un rouge à lèvres dans le premier tiroir, je le ferai. Sinon, tant pis.

Je l'ouvre et le trouve rempli de maquillage, alors j'attrape un rouge à lèvres rose et laisse un petit souvenir à Rochelle sur son miroir.

Désire ce que tu as déjà.
Tendrement,
Moi

Je referme le rouge à lèvres et le remets à sa place. Il est temps de prendre l'avion et de rejoindre ma nana, je n'oublierai jamais de désirer ce que j'ai déjà la chance d'avoir.

CHAPITRE 10

Notre voiture s'arrête devant le hall des départs de l'aéroport de San Francisco, et Royce et moi remercions le chauffeur. Une fois que nous nous sommes enregistrés, nous nous dirigeons vers le bar le plus proche.

– On boit d'abord, on mange ensuite ?

– Carrément, soupire Royce, épuisé.

Nous trouvons un bar sportif, si on peut l'appeler ainsi, situé en plein cœur de l'aéroport. Du moment que les bouteilles alignées sur l'étagère derrière le bar sont pleines, il fera l'affaire.

– Qu'est-ce que je vous sers ? demande un grand roux avec une grosse barbe et une chemise à carreaux.

Il aurait plus sa place dans une forêt que derrière un bar, à servir des gens qui sont pressés de prendre leur avion.

– Un whisky sans eau et sans glaçons. Trois doigts de Macallan Eighteen, si vous avez, dit Royce en posant sa veste sur le dossier de sa chaise.

– On a ça, oui, répond le barman en regardant derrière lui.

– La même chose pour moi, je dis alors qu'il attrape la bouteille.

Je penche ma tête à gauche puis à droite pour libérer la tension dans mon cou. À ce rythme, il va me falloir un massage complet pour supporter tout ce stress. Je visualise aussitôt Skyler à cheval sur mes fesses, massant mon dos avec ses mains habiles. Mon sexe tressaute, me rappelant ce qui m'attend après mes cinq heures de vol pour New York. Bon sang, j'ai hâte de la retrouver.

Royce me regarde en haussant un sourcil.

– J'ai besoin de quelque chose de fort, je réponds.

– Je te comprends, dit Royce en souriant.

Il baisse la tête et se masse la nuque alors que le barman nous donne nos verres.

– Vous voulez manger quelque chose ?

– Plus tard, peut-être, répond Royce en levant son verre vers moi. À cette mission qui est enfin finie, ajoute-t-il tandis que nous trinquons.

– Ouais, je suis content, moi aussi, je réponds en riant.

Royce se mord la lèvre inférieure, je devine qu'il hésite à me parler de quelque chose.

– Tu penses à Rochelle ?

Il me regarde du coin de l'œil, mais ne tourne pas la tête vers moi avant d'avoir bu une autre gorgée.

– J'ai suffisamment confiance en moi pour admettre que je me suis trompé. Elle n'était pas faite pour moi. J'ai compris. Toi et moi avons fini par trouver un compromis, ça, c'est réglé aussi. Ça ne change rien au fait que je rentre dans une maison vide, alors que je rêve de la remplir avec une grande famille.

Waouh !

Royce vit vraiment très mal son célibat. Il semble si malheureux que je tends le bras pour le frapper dans le dos et me rapprocher de lui.

– Qu'est-ce que je peux faire ?

– Absolument rien, répond-il en regardant droit devant lui. À moins que tu aies une sœur superbe prête à se caser et à supporter ma mère envahissante et mes sœurs tarées… qui a envie d'être avec un mec qui voyage beaucoup, qui traîne toujours avec ses potes, qui a une entreprise qui lui prend du temps… il n'y a rien que tu puisses faire.

– Tu vas la trouver, je lui dis, et je le pense vraiment.

Il hoche la tête, mais je ne crois pas qu'il soit convaincu. Rochelle l'a bien plus affecté que je ne le pensais.

– Dis-toi que Skyler a débarqué dans ma vie sans prévenir. Elle m'a ouvert la porte, vêtue d'un caraco et d'une culotte minuscule de chez Wonderbra, pensant que j'étais sa meilleure amie et que j'avais oublié mes clés.

Royce est sur le point de m'interrompre, mais je ne le laisse pas faire.

– J'ai mis longtemps à baisser la garde, mais j'ai fini par céder et c'est la meilleure chose qui me soit arrivée. Crois-moi, frangin, ce n'est pas facile tous les jours. Elle vit dans une autre ville et c'est une star que tout le monde s'arrache, y compris moi. Or, je ne veux la partager avec personne. Le lien qui nous unit est spécial. Et, tu sais, les meilleures choses de la vie méritent qu'on se batte pour les obtenir. Il va falloir que tu te battes un peu, que tu gardes l'œil ouvert. Tu trouveras ton âme sœur, j'en suis certain.

Royce finit par tourner la tête vers moi.

– Skyler est ton âme sœur ? demande-t-il d'une voix émue qui me surprend.

Je pense à Skyler, à ses cheveux blonds qui tombent sur ses épaules, à sa façon de retrousser son nez, de m'appeler *Chéri* et combien ça me rend heureux. Je pense à sa façon de se donner complètement à moi lorsque je suis en elle, à s'offrir entièrement. Je repense à son excitation et son stress quand elle allait rencontrer ma famille et mes amis et qu'elle voulait qu'ils l'apprécient. J'entends ses éclats de rire. Skyler est une femme entière, et j'en apprends chaque jour un peu plus sur elle, même si ça ne fait que quelques mois que nous sommes ensemble. Je n'imagine pas qu'une autre femme puisse être mon âme sœur. Je ne vois pas comment je pourrais aimer une autre femme plus que je n'aime Skyler.

– J'ai envie de croire qu'elle l'est. Je te le dirai quand j'en serai sûr, d'accord ?

– Ça roule, répond Royce en buvant une gorgée. J'ai l'intention d'enchaîner les rencards quand je rentre, mais ne le dis pas à ma mère. Si elle l'apprend, elle m'obligera à dîner avec toutes les filles célibataires de ses amis.

– Je la vois tellement faire ça ! je m'exclame en riant.

– Je préfère ne pas y penser. Tu as hâte d'arriver à New York ?

– Plus que jamais. Je m'inquiète pour elle. Ce Johan est un véritable psychopathe.

– Tu crois qu'il va lui faire du mal ? Physiquement ?

– Je ne sais pas. Ce que je sais, c'est qu'il lui fait déjà du mal, psychologiquement, et que je suis sur le point de raconter à Skyler toutes les horreurs qu'il a faites. Ça ne va pas être agréable, je dis en me couvrant de chair de poule.

– Tu es en contact avec les gardes du corps de Skyler ?

– Ouais. J'ai envoyé un message à Nate en lui disant de ne pas la quitter des yeux et que je l'informerai de la nouvelle menace lorsque je serai arrivé.

– Ah ! Il t'a répondu quoi ? J'ai du mal à imaginer que Nate Van Dyken ou sa petite femme féroce apprécient que tu te mêles de leur travail.

– T'as complètement raison. Il a répondu d'un seul mot : *Ok*.

Royce sourit pour la première fois depuis qu'on a quitté les bureaux de *RFS*.

– Ils viennent te chercher à l'aéroport ?

– Non, je n'ai pas dit à Skyler que j'allais la voir, je veux que ce soit une surprise. J'arrive en pleine nuit et je sais qu'elle travaille tard ce soir. On était censés se parler au téléphone, mais je lui ai écrit que je l'appellerais quand je serais rentré demain.

Bon sang, je n'ai qu'une envie, la rejoindre au lit et la prendre dans mes bras pour respirer son parfum de pêche.

– Bien joué.

– A priori, je devrais pouvoir atterrir sans être harcelé par les paparazzis. Je prendrai un taxi et je serai chez elle sans que quiconque ne soit au courant. À moins, bien sûr, que les vautours soient postés devant sa porte, ce qui n'est pas impossible. Quoi qu'il en soit, ça vaut la peine d'essayer.

– Ah, j'ai oublié de te dire, commence-t-il en buvant une gorgée, que j'ai lu les documents que Sophie m'a envoyés, et je lui ai répondu. Elle est stressée par un conseil d'administration et elle veut que tout soit parfait, mais elle gère. Elle n'avait aucune raison de s'inquiéter.

– Tant mieux. Est-ce que Bo t'a dit qu'il avait demandé à Wendy d'enquêter sur son nouveau mec ?

– Elle a trouvé quelque chose ?

– Non. Apparemment, il est blanc comme neige. Elle a juste découvert qu'il avait été dans une bijouterie.

Royce fronce les sourcils.

– Bo pense qu'il va peut-être la demander en mariage.

– Tu déconnes ! s'exclame Royce en écarquillant les yeux. Sophie est géniale, mais ça fait quoi... quelques semaines ?

– À peu près, ouais, je réponds en finissant mon whisky.

Le barman lève le menton pour me demander si j'en veux un autre.

– Plutôt une bière. Une Sierra Nevada.

Contrairement à Royce, je ne peux pas enchaîner les whiskys sans être saoul, d'ailleurs je sens déjà l'alcool tourbillonner dans mon ventre vide.

– J'en veux bien un autre, dit Royce en levant son verre.

Il croise les bras en reculant sur son tabouret.

– Ces nouvelles ne te dérangent pas, concernant Sophie ?

– Pourquoi tu me demandes ça ?

– Je sais que tu es protecteur avec elle. Vous avez couché ensemble, certes, mais elle compte pour toi. D'ailleurs, elle compte pour Bo et moi, aussi.

– Oui, c'est vrai. Mais si c'est l'homme de sa vie, je suis content pour elle. Est-ce que je trouve ça rapide ? Bien sûr. Je vais l'appeler et m'assurer qu'elle garde la tête sur les épaules, qu'elle ne se jette pas dans une relation parce qu'elle est encore triste d'avoir perdu son père. Il faut dire que cette entreprise est une sacrée charge pour ses petites épaules. Je ne lui dirai pas de ne pas l'épouser si elle est amoureuse, mais je lui conseillerai de ralentir et de prendre un moment pour réfléchir.

– On est d'accord. Sophie est jeune et gentille. En dehors de nous, il n'y a personne pour s'assurer qu'elle ne fait pas de bêtises.

– C'est vrai, j'acquiesce en me jurant de l'appeler dès que possible. Alors, où nous fait partir notre prochaine mission ?

– À Montréal. La PDG d'une entreprise de cyber-technologie veut qu'on trouve la taupe dans sa boîte. Apparemment, quelqu'un parle à la concurrence.

Dieu merci, ce n'est pas encore une fois une affaire de cœur. Du bon vieil espionnage commercial à l'ancienne, ça a l'air carrément tranquille, comparé aux dernières missions.

– Je vais prendre quelques jours de congé. On partira quand cette histoire entre Johan et Skyler sera réglée.

– C'est ce que je me suis dit. On en reparlera quand tu seras rentré, d'accord ?

– Ouais. On s'appelle ?

Je me lève et remets ma veste. Royce en fait de même et me donne une tape amicale dans le dos.

– On se voit à la maison, frangin, dit-il.

– Ça roule, je réponds en posant trois billets de vingt dollars sur le bar.

– Appelle-nous si t'as besoin de renforts avec Johan.

– Promis.

– Bye, conclut Royce en tournant les talons et en sortant du bar.

◆ ◆ ◆

Le penthouse de Skyler est plongé dans le silence quand j'entre à deux heures du matin. Je ne veux pas la réveiller, alors je pose ma valise près de la porte d'entrée. Tout s'est passé comme prévu : les paparazzis n'étaient pas au pied de l'immeuble, et le portier m'a ouvert comme si on se connaissait depuis toujours.

Je me déchausse pour ne pas faire de bruit. Lorsque j'ai enlevé ma veste et que je l'ai posée sur le dossier du canapé, j'y dépose la rose blanche que l'on m'a offerte dans l'avion, comme à tous les clients de première classe. Elle m'a fait penser à Skyler, alors je l'ai gardée pour la faire sourire. Je soupire longuement et j'avance dans le couloir en direction de sa chambre.

Je suis surpris de découvrir que son lit n'est pas défait et qu'elle n'est pas là. Je fronce les sourcils et regarde le réveil sur sa table de nuit. Il est deux heures et quart. Épuisé, je me déshabille pour prendre une douche. J'ai à peine passé la porte de sa salle de bains que son parfum de pêche m'enveloppe.

– Mais où es-tu, bon sang ?

Je baisse la tête pour laisser l'eau chaude dénouer ma nuque. À défaut d'être avec elle, je verse une dose de son gel douche dans ma main et empoigne ma verge.

Je suis surpris de découvrir qu'elle est déjà dure, rien qu'en étant enveloppé par l'odeur de Skyler. Je ferme ma main et remonte jusqu'à la pointe de mon sexe, imaginant que c'est la petite main de Skyler et non la mienne.

– Putain, bébé, tu me manques.

J'appuie mon front contre le carrelage froid, laissant mon imagination prendre le dessus en me branlant lentement.

Dans mon fantasme, Skyler plaque ses seins contre mon dos et pose une main sur mon ventre tandis que l'autre empoigne ma queue. Ses lèvres dévorent mon épaule et elle la mordille avant de remonter le long de mon cou, qu'elle suce et lèche jusqu'à me rendre dingue.

Mon sexe durcit davantage et je serre les fesses. Je plaque une main sur le mur carrelé et me cambre chaque fois que l'autre remonte sur mon sexe.

– Ma pêche... je chuchote alors que mes testicules se contractent.

Je ferme les yeux tandis que, dans mes rêves, Skyler prend ma verge dans ses deux mains. Ses gémissements s'entendent à peine sous les bruits de la douche et de mes grognements.

– *Laisse-toi aller, chéri. Donne-moi tout,* dit-elle en penchant la tête de côté pour voir l'effet qu'elle a sur moi.

– Putain ! je gronde en fermant le poing.

Je serre fort mon sexe tandis que la Skyler de mon fantasme me dit des mots coquins.

Soudain, ça y est. Le bas de ma colonne vertébrale picote, et je me mets sur la pointe des pieds en me cambrant quand un plaisir électrique parcourt mes veines jusque dans mon sexe pour faire jaillir les jets de sperme. Mon orgasme dure plusieurs secondes et j'imagine Skyler me branler jusqu'à la dernière goutte.

Je baisse la tête sans desserrer ma main tandis que je reviens sur terre, regrettant que ce ne soit pas ma nana qui m'ait donné autant de plaisir. Je suppose qu'elle rentrera bientôt... Ils tournent souvent tard, et je sais qu'ils voulaient tout boucler aujourd'hui, mais c'est ridicule de travailler aussi tard, non ?

Peut-être qu'ils ont dû refilmer des scènes.

Je prends le gel douche que Skyler m'a acheté la dernière fois que j'étais ici et je me savonne pour effacer les restes de mon orgasme.

Épuisé, je me sèche avec une de ses serviettes toutes douces, puis je la mets dans le panier à linge sale. Je traverse son appartement à poil et je prends mon téléphone dans la poche de ma veste. Je retourne dans sa chambre, me mets dans son lit, toujours à poil, et roule sur le côté. Je vais dans mes favoris et l'appelle mais hélas, je tombe sur son répondeur.

« Vous êtes sur la messagerie de Skyler. Laissez un message après le bip et je vous rappellerai dès que possible ! » dit sa voix joyeuse.

– Ma pêche, c'est moi. Je voulais te faire une surprise, mais tu n'es pas chez toi. Je suis nu dans ton lit et je t'attends. Viens me retrouver.

Je raccroche et rallume la sonnerie de mon téléphone au cas où elle me rappellerait.

Quelques secondes plus tard, je sombre dans un sommeil profond.

◆ ◆ ◆

Mon réveil sonne à six heures, comme d'habitude, et je tapote le lit, à la recherche de mon téléphone. Merde, j'aurais dû l'éteindre avant de m'endormir. Je finis par le trouver dans l'espace vide à côté de moi, là où Skyler aurait dû dormir. Elle n'est pas rentrée. Je me frotte les yeux et je réalise que j'ai à peine dormi quatre heures.

Elle aurait dû rentrer, ou au moins m'appeler. Je regarde mon téléphone, aucun appel en absence. Elle ne m'a pas écrit non plus ni laissé de message. Je n'ai aucun moyen de savoir si elle a écouté mon message vocal.

C'est quoi ce bordel, putain?

Mon cœur bat plus fort et je me masse les tempes. Je fronce les sourcils et l'appelle, mais ça sonne plusieurs fois avant que son répondeur ne prenne le relais.

– Appelle-moi dès que tu as ce message. Je suis chez toi et tu n'es pas là. Je m'inquiète.

Je ferme l'application et ouvre celle des messages.

À : Ma pêche
De : Parker Ellis
Je t'ai laissé des messages. Tu n'es pas rentrée hier soir. Je suis chez toi. Appelle-moi dès que tu as ce texto.

Je soupire et me rallonge avant d'écrire à Nate Van Dyken.

À : Nate Van Dyken
De : Parker Ellis
Sky est toujours sur le plateau ? Je suis chez elle.

Je me lève et ouvre ma valise pour prendre un boxer propre, puis j'enfile un jean et un tee-shirt des Red Sox. Mon téléphone vibre quand je me dirige vers la cuisine pour me faire un café. Ce n'est pas Skyler, c'est Nate.

– Ellis, c'est Nate, grogne-t-il. On a raccompagné Skyler chez elle à dix-sept heures, hier. Elle a dit qu'elle n'allait nulle part et qu'elle n'aurait plus besoin de nous.

– Dix-sept heures ? Je suis arrivé à deux heures du matin et elle n'était pas là. Son lit est fait et l'appartement est silencieux. Elle n'est pas rentrée.

– Putain ! Je suis en train de tracer son téléphone, dit-il d'une voix ferme et maîtrisée.

Je suis trop paniqué et fatigué pour réfléchir.

– Apparemment, elle est à l'Hôtel St Regis, ici, à New York.

– Qu'est-ce qu'elle foutrait dans un hôtel alors qu'elle habite ici ?

– Je ne sais pas. Je vais y aller et voir ce qu'il se passe.

– Je viens avec toi, je commence à dire en allant chercher des chaussettes et des baskets.

– Non, tu vas continuer à l'appeler et l'attendre chez elle au cas où elle rentrerait. Rachel et moi nous occupons de Skyler. On va la récupérer. Ne bouge pas.

Je grince tellement fort des dents que je ne serais pas surpris qu'elles se cassent.

– Tu ne sais pas ce que tu me demandes, je ne peux pas rester ici sans rien faire.

– Tu ne fais pas rien. Rappelle-la dans dix minutes. Il nous en faut vingt pour arriver à l'hôtel. S'il s'y passe quoi que ce soit de grave, j'appellerai les flics et je te préviendrai.

Je déglutis et ferme les yeux.

– D'accord. Dépêchez-vous, je siffle avant de raccrocher.

Je me mets à faire les cent pas et, sept minutes plus tard, je la rappelle. Ça sonne si longtemps que je m'attends à entendre son répondeur, mais une grosse voix d'homme décroche.

– Allô ? dit-il d'une voix endormie.

– Putain, mais t'es qui ?

– Johan. Et toi, t'es qui, putain ?

– Où est Skyler ? je demande.

Mon cœur bat la chamade.

Ce psychopathe éclate de rire.

– Elle prend une petite douche. Mais qu'est-ce que ça peut te faire ? T'es son mec ?

– Oui, je réponds alors que mon front se couvre de sueur. Passe-la-moi.

– Mec, elle est en train de se laver après une soirée délicieuse. Si j'avais l'intention de la déranger sous la douche, ce ne serait pas pour lui passer ton appel. Elle a besoin d'une petite pause, si tu vois ce que je veux dire.

Ses paroles sont lourdes de sens et une rage brûlante s'empare de moi.

Elle m'a trompé.

Avec son ex, un psychopathe qui lui fait du chantage.

C'est une menteuse et une garce.

Je l'aime, mais elle ne m'a jamais aimé en retour.

Mon cœur et ma tête sont pleins de doutes et d'angoisses, et je peine à me concentrer sur l'instant présent. En réalité, en dépit de ce qu'elle a fait, je ne peux pas lui dire au revoir sans m'assurer qu'elle est en sécurité. Je ne suis pas du genre à faire une croix sur la femme que j'aime alors qu'elle pourrait être en danger.

– Écoute, Johan, je sais ce que t'as fait. Je sais que t'as laissé cette nana mourir, dans ce club. Je sais que les usuriers te courent après pour récupérer leurs centaines de milliers de dollars. Je suis même au courant pour les deux femmes que t'as agressées et que ta famille a payées pour les faire taire. Je ne sais pas toi, mais je ne crois pas que les proprios du club, qui t'ont foutu dehors, seraient ravis que le public apprenne ce que t'as fait. J'imagine que ton agence de mannequinat et ta famille ne seraient pas contentes, non plus.

– Espèce d'enfoiré ! gronde-t-il. Si tu dis quoi que ce soit...

– Quoi ? Qu'est-ce que tu vas faire ? Je n'ai rien à perdre, ordure !

J'ai envie de lui dire qu'il a déjà pris tout ce qui m'était cher, mais je refuse de lui donner cette satisfaction.

J'entends qu'il respire plus fort et j'en profite pour poursuivre mes menaces.

– Voilà ce qui va se passer. Tu vas laisser Skyler tranquille...

– Ça ne va pas lui plaire, maintenant qu'on a rallumé la flamme.

Mon cœur est sur le point d'exploser, et je dois me retenir de tout casser autour de moi. Je me force à respirer et à mettre ma tristesse et ma colère de côté pour parler à Johan de la façon la plus claire qui soit.

– Laisse-la tranquille. Laisse-la sortir de la chambre et ne la rappelle plus jamais. Détruis ces photos, sinon je ferai en sorte que les médias du monde entier apprennent que tu as laissé une femme mourir dans un club de torture. Puis je leur dirai que t'es un drogué et je m'en prendrai à tes parents pour t'avoir évité la taule pour deux agressions sexuelles. Tu crois que ta maman et ton papa méritent d'être jetés en pâture après t'avoir sauvé la mise ? Hein ?

– Tu me traites de bon-à-rien, mais tu n'es pas mieux, ricane-t-il.

– Peut-être bien. Quoi qu'il en soit, tu n'as pas le choix. Laisse-la partir, et ne t'approche plus jamais d'elle.

– Johan ? Qu'est-ce que tu fais avec mon téléphone ? dit Skyler d'un ton suspect.

– T'as quinze minutes pour la faire sortir de ta chambre et la faire descendre dans le hall d'entrée, où ses gardes du corps l'attendent, sinon j'appuie sur « envoyer » pour faire partir le mail que j'ai écrit au *New York Times*. Entre autres médias.

Je raccroche et je plaque mon téléphone sur le plan de travail. Je le reprends et j'appelle Nate.

– Elle sera dans le hall d'entrée dans quinze minutes.

– Je te la ramène tout de suite, mec.

– Inutile. Je serai parti quand elle arrivera. C'est fini entre nous.

Je raccroche et jette mon téléphone si fort contre le mur qu'il vole en éclats. Je me baisse pour mettre mes chaussettes et mes chaussures, et je referme ma valise.

C'est fini. Skyler et moi, c'est fini. Je n'arrive pas à croire qu'elle m'ait brisé le cœur de cette façon. Elle était censée être la femme de ma vie. Et maintenant, je fais quoi ?

Une rage brûlante parcourt mes veines, s'accumulant comme un gaz prêt à exploser. Je saisis la première photo que je trouve – celle de nous dans la piscine. Elle l'a fait encadrer. Elle l'a mise sur la table, à côté des photos des gens qu'elle aime, mais tout ça n'était qu'un mensonge.

Je rugis et jette le cadre par terre avant de le piétiner, mais ce n'est pas assez. Aveuglé par ma colère, je regarde les autres photos.

Encore des mensonges ! C'est une menteuse et une garce ! Je balaie la table d'un revers de bras et je fais tomber tous les cadres, qui se brisent par terre.

Ce n'est pas assez. Ce ne sera jamais assez. Je n'ai jamais autant souffert. Même Kayla ne m'avait pas détruit comme ça. Qu'elle aille se faire voir ! Il faut que je parte, il me faut une voiture. Merde, je n'ai pas réfléchi avant de casser mon téléphone. Je récupère ma carte SIM parmi les débris et la mets dans ma poche. C'est la dernière chose sensée que je fais avant de me laisser ensevelir par mon désespoir.

Je quitte le penthouse de Skyler sans me retourner, déterminé à ne plus jamais y remettre les pieds.

SKYLER

Douze heures plus tôt...

Je regarde mon téléphone pour la millième fois et je relis le message de Parker. Il va m'appeler demain. J'en ai marre d'attendre, bon sang. Il a dit qu'il avait des infos à propos de Johan et de ses menaces, mais j'attends toujours. Tracey me harcèle pour que je valide les communiqués de presse qu'elle a rédigés à propos des photos, et je ne veux pas le faire tant que je n'ai pas parlé à Parker. Il avait l'air convaincu que ce que Wendy a trouvé allait me débarrasser de Johan et que les photos allaient être détruites sans que personne ne découvre combien je suis bête.

Mais Wendy et Parker ne connaissent pas Johan. Il ne ferait jamais ça sans avoir une bonne raison. J'étais peut-être jeune et aveuglée par mon amour quand j'étais avec lui, mais je ne le suis plus. Je suis plus forte. Je suis capable d'affronter mes problèmes seule. Et je connais Johan. Malgré ce que Parker pense de lui, il n'est pas dangereux. S'il agit ainsi, c'est qu'il se passe quelque chose de grave dans sa vie.

Il veut cinquante millions de dollars.

Ça fait longtemps que je le connais, et il n'a jamais été cruel. Il était distant, infidèle et il s'est servi de moi pour avoir mon argent, mais il n'était pas méchant. Quand mes parents sont décédés, il était là pour moi. Il m'a serrée dans ses bras quand je pleurais à longueur de journée, et ce pendant des mois. Il m'a accompagnée aux obsèques et il n'a jamais cessé de me tenir la main. Il m'a aidée quand j'étais au plus bas. Sans lui, j'aurais peut-être fait pire que de me noyer dans l'alcool et les somnifères. Quand j'étais aveuglée par les ténèbres, Johan m'a portée. Il m'a aidée à aller mieux. Il m'a aidée à voir la lumière au bout du tunnel, à l'époque, c'était ma carrière.

J'ai du mal à croire qu'il me ferait du chantage. Il faut que je lui parle. En tête à tête. J'ai besoin de savoir pourquoi il fait ça. Je l'ai quitté il y a dix-huit mois et je n'ai plus jamais regardé en arrière. Il s'en fichait. Il m'a poussée à partir. Bien sûr, c'était après avoir vidé notre compte commun. Heureusement, je n'y transférais que ma moitié du loyer, et pas mon argent personnel, sinon il me l'aurait pris aussi.

En fait, c'est ce qu'il fait maintenant. Il ne sait pas que cinquante millions de dollars, ce n'est qu'une goutte d'eau dans ma fortune. C'est autant d'argent dont je ne sais quoi faire. Tout ce dont je rêve, c'est de jouer dans de beaux films, de raconter de belles histoires, de trouver un homme qui m'aime et de fonder une famille, avoir des enfants pour leur donner tout ce que mes parents m'ont donné, et plus encore.

Je soupire en imaginant Parker avec un enfant sur les épaules et qui effleure mon ventre tout rond. Un jour. Or, j'ai peur que ce jour n'arrive jamais si je ne trouve pas un moyen de me débarrasser de Johan.

J'étais à deux doigts de dire à Parker que je l'aimais. Je sais qu'il ressent la même chose pour moi. Je le sens dans son souffle, au téléphone, dans sa façon de chuchoter « Ma pêche » et de vénérer mon corps quand il me fait l'amour. Il est tout ce que je désire, et je ne vais pas laisser un merdeux comme Johan tout foutre en l'air. Je ne veux pas que l'adorable mère de Parker et son père tout joyeux voient ces affreuses photos de moi. Elles ne devraient même pas exister. Johan m'a convaincue de tenter ces choses et, à l'époque, je voulais lui faire plaisir. Je n'ai rien contre ce style de vie, mais après y avoir goûté à quelques reprises, je sais que ce n'est pas pour moi. Je ne peux pas risquer notre couple. Je paierais n'importe quoi pour ça.

J'ai pris ma décision et j'attrape mon téléphone pour appeler Johan, confiante en ma capacité à gérer la situation toute seule. Je suis surprise de voir qu'il n'a pas changé de numéro, il décroche après trois sonneries.

– Salut, Skyler. Je me disais bien que t'appellerais tôt ou tard. Comment tu vas ?

Il parle d'un ton nostalgique, comme on parle à un ami de longue date, pas à quelqu'un à qui on essaie de soutirer de l'argent.

Je serre la mâchoire et gonfle mes poumons.

– Je veux te voir. Maintenant. Sans avocats.

– T'apportes l'argent ? Si oui, j'apporte les photos, dit-il d'un ton nonchalant, comme s'il faisait ça tous les jours.

– Je veux parler, Johan. Je te retrouve où?

– À l'hôtel St Regis. Chambre deux cent quarante-deux, répond-il avant de raccrocher.

Au lieu de demander aux Van Dyken de m'y emmener, j'appelle la réception pour réserver un taxi.

◆◆◆

Johan m'ouvre la porte de sa chambre, vêtu d'un jean et d'une chemise bleu ciel boutonnée jusqu'en haut. Il a des cernes sous les yeux et ses cheveux bruns semblent moins épais qu'avant. Ses joues sont creusées et lui donnent un air hagard.

– Tu fais peur à voir, je dis en entrant dans sa chambre et en jetant mon sac et ma veste sur le canapé.

– Pas toi, en revanche. T'es toujours aussi belle, un rayon de soleil avec des seins, un cul et des jambes magnifiques. Je suis sûr que ton nouveau mec apprécie tes atouts autant que moi.

– T'es sérieux ? Si tu les aimais autant, tu ne te serais pas tapé la plupart des mannequins avec qui tu bossais.

– L'eau a coulé sous les ponts, rouspète-t-il. Tu n'es pas ici pour flatter mon ego et je ne suis pas là pour me refamiliariser avec tes attributs. Cela dit, tu me connais, je change facilement d'avis.

Je lève les yeux au ciel et ravale ma salive.

– Pourquoi tu fais ça ? Ce chantage ?

– C'est un mot affreux, le chantage, tu ne crois pas ?

– Ça décrit très bien ce que tu fais. Tu me menaces de révéler des photos intimes de moi, dont je ne connaissais pas l'existence et que tu as prises quand j'étais vulnérable. Je te faisais confiance, Johan.

Ma voix se met à trembler. Il ne peut pas ignorer ce que me font ses menaces. S'il tenait à moi à l'époque, ne serait-ce qu'un peu, il doit le savoir.

– Et je me suis occupé de toi, souvent, si je me souviens bien. Tu étais si réactive, au pieu. Si facile à faire jouir, dit-il simplement, comme si tout ça n'était qu'un jeu.

– Parce que je t'aimais ! je m'exclame en fermant les poings.

– C'est pas de chance, parce que je ne suis pas capable d'aimer. T'as fini par le comprendre.

– À mes dépens, oui. Mais malgré ça, je n'ai jamais pensé que tu étais cruel. Je sais que tu tenais à moi. Tu t'es occupé de moi à la mort de mes parents...

– Je tiens toujours à toi. Mais ça ne change rien à la situation dans laquelle je me retrouve. J'ai besoin d'argent. Beaucoup, sinon ma vie sera en danger. J'ai pris de très mauvaises décisions par le passé, qui impliquent des personnes affreuses qui me veulent du mal. Si je ne paie pas, ils me tueront. Je n'ai pas le choix.

Je comprends enfin son regard angoissé, la panique que trahit sa voix. Il a peur de mourir.

– Johan... on a toujours le choix...

– Pas moi. Pas si je veux vivre. Tu es ma dernière chance.

Je prends ma décision sans réfléchir davantage. Je fais ce que ma mère aurait fait. Elle n'aurait jamais laissé quelqu'un à qui elle tenait vivre dans la peur, même si cette personne lui avait fait du mal. Quand elle aimait quelqu'un, c'était sans condition, et moi aussi. Je pense à elle et je propose quelque chose que je ne devrais pas.

– Alors, je vais t'aider, parce que t'étais là pour moi quand j'ai touché le fond. Parce qu'à un moment donné, je t'ai aimé plus que tout sur cette terre. Et parce que je m'en voudrais de te tourner le dos et de savoir que ta vie est en danger.

Il me regarde dans les yeux et son visage s'adoucit, soulagé.

– Skyler...

Sa voix est tremblante. Il fait deux pas vers moi et me prend dans ses bras. Je repense à toutes les fois qu'il m'a tenue contre lui, quand j'avais perdu la volonté de vivre, après la mort de mes parents. Je sens son nez froid sur mon épaule et je suis choquée de sentir ses larmes, je n'ai jamais vu Johan aussi ému.

– Je suis désolé. Je suis désolé de t'avoir fait du mal. Merci. Merci, Skyler.

J'ai beau le haïr pour ce qu'il m'a fait quand nous étions ensemble, et pour ce qu'il me fait maintenant, je comprends son agonie. Il est perdu, et il a peur, et il ne sait pas quoi faire. C'est à moi de lui montrer ce qu'est la gentillesse, la même dont il a fait preuve envers moi quand j'en avais besoin.

– On va trouver une solution. Je vais t'aider. Et si tu commençais par me dire combien tu dois, et à qui ?

◆◆◆

Nous n'avons commandé un room service qu'après avoir dressé la liste incroyablement longue de toutes les personnes à qui il doit de l'argent, dont celles qu'il décrit comme étant affreuses. Il était une heure du matin et j'étais épuisée. Étant donné que les paparazzis font le pied de grue devant l'hôtel, Johan m'a proposé de passer la nuit dans sa chambre, en me promettant qu'il dormirait sur le canapé. Lorsqu'il a eu donné la liste à mon comptable, qui se chargera de payer toutes ses dettes, pour un total de vingt millions de dollars – et pas cinquante millions –, il m'a donné la clé USB avec les photos. Je l'ai mise dans ma poche, avec la ferme intention de l'exploser avec un marteau quand je serai rentrée chez moi.

Il ne m'a pas dit pourquoi il m'avait demandé trente millions supplémentaires, mais j'ai eu l'impression que c'était pour lui, pour ne manquer de rien maintenant que les industries de la mode et du film ne veulent plus de lui. Il a fini par m'avouer qu'il avait une grosse addiction à la drogue, et j'ai insisté pour lui payer une cure dans un établissement réservé aux célébrités, qui fait en sorte que ses patients restent anonymes. Il a fini par accepter, et il m'a remerciée mille fois avant de s'excuser pour ce qu'il avait prévu de faire.

Ce matin, je me réveille en me sentant poisseuse. Je n'ai pas pu me doucher hier soir, après le travail, car je suis venue ici. Je sais que ça ne gênera pas Johan, alors je ferme la salle de bains à clé, à double tour, et je prends une longue douche brûlante, laissant l'eau délier mes muscles tendus. Lorsque j'ai fini, je me sèche et remets mes vêtements sales. Il est hors de question que je sorte avec les vêtements d'un autre homme. La presse va déjà être déchaînée en me voyant sortir, vêtue comme je l'étais en entrant hier soir.

Je saisis mes chaussures et je suis sur le point de sortir de la chambre lorsque j'entends Johan au téléphone. Je tends l'oreille, parce qu'il ne me dira jamais toute la vérité. Toutefois, je suis convaincue que les photos qu'il m'a données me libèrent de ses griffes, pour l'instant. Je sais aussi que j'ai aidé quelqu'un à qui j'ai beaucoup tenu par le passé. Ma mère serait fière. D'ailleurs, je suis fière de moi, aussi. Il était là quand j'ai eu besoin de lui, et j'ai désormais le sentiment de lui avoir rendu la pareille. Je peux reprendre le cours de ma vie avec Parker, consciente que j'ai fait ce qu'il fallait avec Johan.

– Espèce d'enfoiré ! je l'entends crier. Si tu dis quoi que ce soit...

Je fronce les sourcils en pensant qu'il doit parler à un des « affreux » dont il a parlé.

– Ça ne va pas lui plaire, maintenant qu'on a rallumé la flamme, dit-il avec la voix sexy que je lui connais.

Ça ne me fait plus rien, à présent, mais je trouve étrange qu'il parle ainsi à quelqu'un à qui il doit de l'argent. À tel point que j'ouvre la porte pour avancer vers lui.

– Tu me traites de bon-à-rien, mais tu n'es pas mieux, ricane-t-il en se tournant, de sorte que je réalise qu'il utilise mon téléphone, et pas le sien.

– Johan ? Qu'est-ce que tu fais avec mon téléphone ?

Il m'ignore et se concentre sur ce que dit l'autre personne, puis il raccroche et le jette dans mon sac.

– À qui tu parlais ? je demande, même si je me doute déjà de la réponse.

– À ton soi-disant petit ami, mais je ne crois pas qu'il le soit encore. Tu me remercieras plus tard. Eh ben, tu sais les choisir, Skyler. D'abord moi, puis ce type ? Tu rétrogrades, au lieu de faire mieux. Tu mérites mieux.

Je me précipite vers lui et le pousse en arrière dans le canapé.

– Qu'est-ce que t'as fait, putain? je crie d'une voix stridente.

– Skyler, ce type est un enfoiré. Il m'a menacé avec quelque chose qui me ferait tuer si ça se savait.

Je me mets à trembler de tout mon corps.

– Mon Dieu... Mon Dieu! Il pense que... Mon Dieu!

Je saisis mon téléphone et remarque ses sms et les messages sur mon répondeur. Je les écoute avant de le rappeler et je me laisse tomber sur le canapé, les larmes aux yeux. Chaque message me frappe en plein cœur, le fissurant jusqu'à ce qu'il me semble irréparable.

– Il pense que... oh non...

Mon monde s'écroule autour de moi, morceau par morceau, et mon estomac se noue si fort que de la bile remonte dans ma gorge.

– Skyler, je t'ai rendu service. C'est ma façon de te remercier de m'avoir aidé. Ce mec n'est pas assez bien pour toi. Mais il faut que tu partes, parce qu'il a dit que tes gardes t'attendent dans le hall de l'hôtel.

Je réprime un sanglot et me lève en ramassant mes affaires.

– Johan, ne m'appelle plus jamais. Je te souhaite le meilleur, mais c'est la dernière fois que tu fous ma vie en l'air. Je t'en supplie, vois l'argent que je t'ai donné comme un cadeau, car c'en est un, et remets ta vie en ordre.

– Skyler, non, soyons amis. On s'est filé un coup de main, comme au bon vieux temps... dit-il en me suivant à la porte de sa suite.

– Non. Tourne la page. C'est ce que j'ai fait, même si je ne sais pas comment je vais réparer la situation avec Parker.

– Qu'il aille se faire foutre, il ne te mérite pas! ricane-t-il.

– Tu te trompes. C'est moi qui ne le mérite pas. Je l'aime, et maintenant, il pense que j'ai fait la pire chose qu'une personne puisse faire. Il pense que je l'ai trompé.

Je ravale un sanglot et je remercie le Ciel que l'ascenseur s'ouvre dès que j'appuie sur le bouton.

J'ai fait du mal à l'homme que j'aime et je ne sais pas comment me rattraper.

Il croit que je l'ai trompé.

Maman, Papa, si vous êtes au ciel, aidez-moi à retrouver Parker avant qu'il ne me quitte pour toujours.

Il faut que je lui dise que je l'aime et que je ne pourrais jamais tromper la personne que j'aime.

Je me précipite hors de l'ascenseur dès qu'il arrive en bas et Rachel me prend dans ses bras.

– Eh, ça va, je suis là.

– Il faut que je rentre. Tout de suite ! je m'écrie.

– D'accord, d'accord, on va te ramener à la maison, mais tu dois te calmer. Il y a un énorme troupeau de paparazzis devant l'hôtel.

– Je m'en fiche ! Il faut que je retrouve Parker !

Rachel hoche la tête, enlève la casquette de Nate et me la met pour cacher mon visage. Elle enlève son trench et m'enveloppe dedans avec un geste protecteur.

– Baisse la tête. Ils n'ont pas besoin de voir tes larmes. Ne leur donne pas cette satisfaction.

Je hoche la tête et la prends par la taille tandis qu'ils me guident à travers la foule de photographes qui crient mon prénom.

– Tu lui as parlé ? je demande à Nate quand nous sommes dans le 4x4.

– Ouais.

– Et...

– Il a dit qu'il serait parti avant que tu sortes de l'hôtel.

– Non, non, non ! je m'écrie en frappant le siège pour me débarrasser de ma frustration. Ce n'est pas possible, c'est un cauchemar. Je l'aime ! Tu ne comprends pas ?

– Mais si Sky, on comprend. On sait que tu l'aimes. Et il le sait aussi. Tout ira bien. On va t'aider et tout ira bien. Mais d'abord, on doit te mettre en sécurité chez toi, dit Rachel d'une voix calme.

– Je ne me sentirai plus jamais chez moi là-bas. Le seul endroit où je me sente en sécurité depuis que j'ai perdu mes parents, c'est dans ses bras. Et il est parti. Et je ne sais pas comment je vais le récupérer et lui expliquer ce qui s'est passé.

Rachel caresse mon bras et m'attire contre elle, comme le ferait une sœur.

– Tout ira bien, me promet-elle. Tant qu'il y a de l'amour, il y a de l'espoir.

THE END… POUR LE MOMENT

INTERNATIONAL GUY
UN HOMME AU SERVICE DES FEMMES

#1 PARIS, juillet 2018
#2 NEW YORK, juillet 2018
#3 COPENHAGUE, août 2018
#4 MILAN, septembre 2018
#5 SAN FRANCISCO, octobre 2018
#6 MONTRÉAL, novembre 2018
#7 LONDRES, décembre 2018
#8 BERLIN, janvier 2019
#9 WASHINGTON DC, février 2019
#10 MADRID, mars 2019
#11 RIO DE JANEIRO, avril 2019
#12 LOS ANGELES, mai 2019